선생님, 이제 그만 저 좀 포기해 주세요

선생님,
이제 그만
저 좀 포기해 주세요

살려고
받는
치료가
맞나요

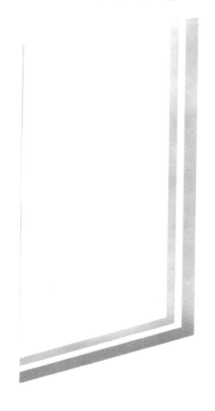

목차

5장 | 그럼에도 불구하고

암 환자를 보는 한의사

나는 암 환자를 보는 한의사다. 그것도 말기 암 환자 위주로.

한의사들끼리 얘기할 때, 암 환자에게 우리는 4차 병원 의료진인 것 같다고 말한다. 물론, '4차 병원'이라는 단어는 없는 말이다. 일반적인 동네 의원인 1차 의료기관, 좀 더 큰 규모인 2차 의료기관, 그리고 대학병원과 같은 대규모 의료기관인 3차 병원까지 다 돌고 나서야 찾게 되는 사람이 한의사라는 뜻이다.

　나를 찾아왔던 환자들도 대개 여러 병원을 돌고 돌다가 온 사람이 많았다. 더 이상 치료할 수 없다거나 치료해도 의미가 없다는 말을 듣고서 지푸라기라도 잡는 심정으로 온 말기 암 환자들이었다.

　말기 암 환자가 건네는 의무기록지를 읽어 보면, '시도 가능한 항암 치료 선택지 없음' '호스피스 완화 기관 권유' '더 이상의 병원 방문은 의미 없음을 설명함' '기대 여명 6개월 이하' 등과 같은 의사의 문장들이 적혀 있었다. 활자로 찍힌 이 문장들을 두 귀로 직접 듣고서 나를 찾아 온 환자들은 그 시기를, "오직 기적만을 바라야 하는 때" 혹은 "죽을 날만 기다려야 할 때"라고 말하곤 했다.

　"진짜 마지막이라고 생각하고 뭐라도 해보려고 왔어요."

　지금까지 환자와 보호자에게서 가장 많이 들었던 말 중 하나이다.

　두꺼운 의무기록지를 들고 간절하게 나를 바라보는 그들의 눈을 보고 있으면, 내가 할 수 있는 일이 그리 많지 않다고 차마 말할 수 없었다. 무엇이든 내 역할을 찾고 싶었다. 열심히 찾아낸 역할이란 게 고작 그분들의 말을 들어주는 것뿐일 때도 많았지만, 이토록 작은 노력에도 "감사합니다, 감사합니다. 선생님."이라고 말씀해 주셨다.

암 환자들은 겉으로는 병을 잘 버티고 있는 것처럼 보이는 경우가 많다. 하지만 그들의 몸속으로 들어가는 수많은 약과 수시로 찾아오는 고통에 일그러지는 얼굴을 보다 보면, 사실은 매 순간 끙끙 앓고 있었다는 걸 알게 된다.

그들의 마음도 다를 바 없다. 의사들끼리 하는 말에 "잘 참는 사람들이 암에 걸린다."가 있을 정도로, 유독 암 환자 중에는 자신의 아픔을 속으로 삭이려는 사람이 많았다. 그 아픔이 병으로 인한 아픔이든, 지나온 생에서 누적되어 온 아픔이든, 가족 혹은 또 다른 누군가로 인한 아픔이든, 많은 이가 몸이 더 고통스러워질까 두려워 마음의 고통이라도 숨기려 애썼다.

하지만 '나는 당신의 이야기를 편견 없이 들어주는 사람'이라는 믿음을 주며 한 발짝씩 다가가면 누구보다도 솔직하게 당신의 이야기를 꺼내는 사람들이기도 했다. 신기하게도 한탄과도 같은 속말을 뱉어낸 밤이면 대부분의 환자가 편한 얼굴로 잠에 들었다.

환자들과의 대화는 주로 그들의 일생에 대한 회고로 이어졌다. 그건 아주 평범한 길을 걸어왔지만 그 길 끝에서 말기 암이라는 흔치 않은 결말을 맞닥뜨린 사람의 이야기였다. 숨겨지지 않는 고통을 앓고 있는 환자의 겉모습은 보통 사람과 사뭇 다를지 몰라도 그들의 입에서 흘러나오는 지난 인생 이야기는 어딘가에서 펼쳐지고 있는 누군가의 것과 매우 비슷했다.

너무나도 평범한 그들의 과거가 처음에는 버겁게 다가왔다. 하지만 계속되는 대화 속에서 "왜 하필 저일까요?"라는 그들의 절망이 들리기 시작하자 버거움보다는 안타까움이 더 커졌다. 그건 암을 진단받은 순간부터 '내가 얼마나 살 수 있을까'라는 두려움을 감당해온 사람들이 버티고 버티다 내뱉은 깊은 절망이었을 것이다.

이 글은 바로 그 안타까움에서 시작되었다. 당신들의

절망감을 잊지 않고 기억하는 사람이 있음을 전하고, 억울하고 고통스러웠던 싸움을 세상에 알려 많은 사람의 위로를 하늘에서라도 받을 수 있기를 바라는 마음으로 한 자 한 자 적어 나갔다. 하지만 같은 이야기를 전해도 듣는 사람마다 느끼는 감정이 모두 다름을 알기에 이 글에서 나의 이야기와 나의 깨달은 바는 최대한 덜어냈다.

출판을 앞두고 조심스럽게 말해두고 싶은 몇 가지가 있다.

이 글은 환자와 보호자의 아픔을 대변하는 누군가의 언행을 평가하고자 남긴 기록이 아니다. 환자 간의 임종을 비교하며 누군가의 존엄함을 깎아내리려는 마음도 없다.

의사로서 환자의 개인 정보를 보호할 책임이 있다는 것도 충분히 인지하며 글을 써내려갔다. 이런 이유로 환자의 이름은 모두 가명 또는 익명이며, 개인 정보가 노출될 수 있는 상황은 각색했다. 이야기 속의 대화 또한 일부 재구성했다. 모든 의학적 치료는 의대 병원의 주도 아래 진행되었으며 각 상황에서의 의학적 내용은 최대한 생략했다.

그러니 부디 이 글을 읽는 동안에는 그들의 '인생 이야기'에 귀를 기울여주길 바란다. 비록 내가 대신 전하게 된 이야기지만 생의 마지막에서 이토록 치열하게 싸운 사람이 있었음을 누군가 기억해주길, 그 기억으로 인해 남은 가족들이 조금이라도 더 평안해지길 기도한다.

2022년 05월

김은혜

1장

살려고
받는
치료가
맞나요?

선생님,
이제 그만
저 좀 포기해 주세요

갈비뼈 한 대 한 대가 보일 정도로 앙상한 남자가 휠체어를 타고 들어왔다. 두 다리는 꾹 누르면 움푹 파일 것처럼 퉁퉁 부어 있고, 마주친 샛노란 눈에는 지친 기색이 역력했다.

뒤따라 들어온 여자는 그가 탄 휠체어를 붙들고 섰다. 눈에는 눈물이 고였고 긴장한 듯 눈빛이 흔들리지만 팔 한쪽에 끼고 온 사전보다 더 두꺼운 갈색 서류 봉투만은 놓치지 않을 것처럼 보였다.

"의무기록지는 저기 앉아 있는 선생님께 주시면 돼요."

간호사 선생님의 말과 함께 나에게 건네진 갈색 봉투를 열어 안에 든 종이들을 꺼냈다. 빽빽이 적힌 내용, 그중 문구 하나가 눈에 띄었다.

'기대 여명 1개월 이하'

문장의 끝에는 의사의 서명이 자그마하게 적혀 있었다.

두꺼운 서류들을 다 읽고 덮으니 어느새 보호자가 옆에 앉았다.

"선생님, 저희 남편 살 수 있죠?"

여자의 뒤로 한숨을 쉬는 남자가 보였다. 나는 차마 대답을 하지 못한 채, 온몸의 통증 때문인지 휠체어에 제대로 앉지 못하고 인상을 찡그리며 들썩거리는 환자를 먼저 병실로 보냈다. 그러고서 보호자에게 돌아와 의무기록지의 내용을—이미 아는 내용이겠지만—다시 읊어주었다. 보호자는 이해한 듯 고개를 끄덕였지만 여전히 무언가 바라는 게 있는 듯이 나를 계속 바라보았다. 나는 그 눈빛을 애써 뿌리치고 자리에서 일어나 환자의 병실로 걸어갔다.

첫날밤은 여느 환자와 다를 바 없었다. 고통에 몸부림치며 허공을 바라보고 대화하는 환자와 그 옆에서 살려달라고 울부짖는 보호자의 모습. 신경안정제를 놓고 진통제를 늘리면서 보호자를 달래다 보면 환자는 어느새 잠들어 있었다.

이렇게 며칠을 반복하니 이따금 환자는 초점 없이 나를 쳐다보며 "저기요, 여기 병원인가요? 진통제 방금 들어갔어요?"라고 말을 걸었다. 긍정의 대답을 하자 환자는 내 가운을 훑고 보호자가 옆에 없는 걸 확인하고는 이어서 말을 꺼냈다.

"선생님, 이제 그만, 제발, 저 좀 포기해 주세요."

심장이 바닥에 툭 떨어지는 기분이었다.

"너무 힘들어서 그러시는 거죠? 사모님 계시는데 잘 버티실 수 있어요. 더 도와드릴 수 있는 방법 찾아볼게요."

겉으로 감정을 숨기고 애써 여상히 말했지만 환자의 대답은 같았다.

"저 좀 포기해 주세요."

꽤 자주 원망의 말도 날아오곤 했다. 포기해 줄 수 있으면서 왜 안 해주냐, 왜 내 말은 아무도 안 들어주냐, 누가 원해서 여기 있는 거냐, 당신이 뭔데 내 인생의 마지막을 휘두르려고 하냐…….

그렇게 3주 동안 같은 상황이 쳇바퀴처럼 반복되며 모두가 힘든 밤을 보냈다. 물론 나는 그를 포기하지 않았다.

그날 밤도 보호자가 잠든 사이에 환자를 보러 조용히 병실로 갔다. 병실 창문 너머로 마주친 두 눈은 입원 이후 처음으로 또렷하게 초점을 맞추며 나를 쳐다보는 환자의 것이었다. 들어와도 된다는 손짓에 문을 열자 "이 늦은 시간에 또 오셨어요?"라는 인사말을 시작으로 상태를 묻는 의례적인 몇 가지 질문이 오갔다. 우리의 말소리만 두런두런 들리는 고요한 새벽 공기를 느끼다가 너무 늦은 밤 시간이라는 생각에 대화를 마치려 몸을 돌렸다. 그 순간 뒤에서 환자의 목소리가 들려왔다.

"선생님 덕분에 편하게 있어요. 항상 감사하고 앞으로도 잘 부탁드려요."

다시 돌아서자 처음 보는 청명한 눈동자와 눈동자가

거기에 있었다. 형언할 수 없는 기분을 숨기며 "보호자분이 지금 모습 보면 좋아하실 텐데."라고 대답하자 환자는 "자는데요, 뭘."이라고 말하며 싱긋 웃었다. 이것이 그와의 마지막 대화였다.

임종 직전의 응급 상황에서 몸도 가누지 못하고 오열하던 보호자는 사망 선고를 마치자 마음을 추스른 듯 내게 이야기했다.

"정말 딱 한 달 채우고 가네요. 편한 얼굴로 가서 다행이에요. 그간 감사했습니다."

몇 주의 시간이 지나고 보호자가 고맙다는 인사를 다시 하러 왔다며 케이크를 들고 찾아왔다. 이런 거 받으면 법을 어기는 거라고 마음만 받겠다 하며 돌려보내고 돌아오는 길에 그가 몸부림치던 밤들이 떠올랐다. 포기해 달라는 말도, 편하게 해줘서 고맙다는 말도 다 진심이었을까? 만약 포기할 수 있다면 나는 어떤 선택을 해야 할까. 포기해 달라는 말은 죽음 직전의 고통 때문이었을까, 아니면 갈수록 커지는 아내의 울음소리 때문이었을까.

제가
와이프를
죽인 건가요?

"여보, 제 팔다리 좀 잘라주세요."

모두가 잠든 새벽, 콜(Call)을 받고 찾아간 병실에서 들려오는 환자의 목소리다. 그 옆에서 남편은 환자의 귀에 끊임없이 "정신 좀 차려봐⋯⋯."라고 속삭이고 있지만, 환자는 여전히 하얗게 질린 얼굴에 눈물을 줄줄 흘리며 쉰 목소리로 같은 말만 중얼거린다.

"여보, 제 팔다리 좀 잘라주세요. 제 팔다리 좀 잘라주세요. 제 팔다리 좀 잘라주세요⋯⋯."

백혈병 환자였다.

남편 말로는 백신을 맞은 날 밤에 다리가 조금 저렸는데 그게 며칠 만에 몸통을 타고 올라오더니 이내 곧 팔다리의 감각이 사라졌다고 한다. 하루가 다르게 몸 곳곳에 생기는 멍을 발견하고서야 병원을 급히 찾았고 급성 골수성 백혈병 진단을 받았다. 끊임 없이 이어지는 검사를 받으며 치료를 위해 대기하던 몇 주 사이에 환자는 목 밑으로 아무 감각도 느끼지 못하는 상태가 되었다. 움직일 수도 없었다. 그래도 성인에게는 드물지 않는 병인 데다 치료 효과도 좋은 편이라는 말에 항암 치료를 받으며 골수 기증자를 기다리고 있었다.

그러던 어느 날, 갑자기 환자가 팔다리를 누군가 마구 찌르고 있다며 극심한 통증을 호소하기 시작했다. 막상 실제로 만지면 아무것도 느끼지 못하는데, 밤만 되면 움직여지지 않는 팔다리 때문에 몸부림도 치지 못한 채 눈물만 줄줄 흘리면서 고통을 토로했다.

병원에서는 백혈병으로 인한 일종의 '환상통'이라고 설명하며 마약성 진통제 주사를 주입했다. 일반적인 환상통이라면 마약성 진통제로 어느 정도 진정이 되어야 했다. 하지만 환자는 거듭되는 주사에도 불구하고 여전히 누군가가 찌르고 있다고 고통스러운 목소리로 외쳤다.

점점 진통제 용량을 늘릴 수밖에 없었던 의사는 통증을 조절하기 위한 진통제 양이 너무 많아지면 항암 치료와 골수이식을 진행하지 못할 수도 있다고 말했다. 아내가 이 또한 금방 이겨 낼 것이라 믿은 남편은 의사에게 지금은 우선 고통만 없게 해달라고 했다. 일단 통증부터 가라앉히고 차후에 완전히 회복되었을 때 치료를 다시 시작하면 된다는 생각에 내린 결정이었다.

하지만 막상 어느 용량 이상의 진통제가 들어가자 환자는 갑자기 의식을 까무룩 잃어버렸다. 예상치 못한 반응에 의료진들이 분주하게 오가며 환자를 살폈고, 몇 시간 동안의 검진 끝에 진통제의 용량은 다시 줄여졌다. 그제야 환자의 의식은 되돌아 왔다. 하지만 그와 동시에 고통 또한 다시 시작되었다. 원점이었다.

고작 진통제 몇 mg의 차이로 아내는 고통으로 소리 지르는 날과 반송장같이 누워만 있는 날을 반복했다. 자신의 믿음과는 다르게 버티지 못하는 아내를 보면서도 남편은 여전히 항암 치료와 골수이식을, 그녀를 살릴 수 있는 치료를 포기하지 못했다. 의사에게 "종일 반송장처럼 누워 있는 건 이해할 수 없다."고도 말했다. 긴 논의 끝에 마약성 진통제 주사도 중단해 보았다. 대체 주사제로 여러 종류가 들어갔지만 마약성 진통제만큼 통증을 덜어주는 약은 없었다. 하지만 남편은 같이 백년해로하자며 미소 짓던 몇 달 전의 아내를 떠올릴 때면, 그녀가 그 웃음을 다시 지어 줄 거라는 믿음을 포기할 수가 없었다.

그 믿음이 무너지기 시작한 건 환자의 고통이 오늘처럼 표현되면서부터였다. 환자는 이제 버틸 힘도 떨어졌는지 밤마다 팔다리를 좀 잘라달라고 말하기 시작했다. 움직이지 못한 지가 벌써 몇 달째. 환자는 이미 쉬어버린 목소리로 중얼거렸다.

"여보, 제 팔다리 좀 잘라주세요. 제 팔다리 좀 잘라주세요. 제 팔다리 좀 잘라주세요……."

막상 다음 날이 되면 본인이 한 말을 기억하지 못했다.

지난밤의 고통을 증명하는 건 환자의 눈물로 흥건히 젖은 베갯잇과 남편의 퀭한 눈뿐이었다.

더 이상의 연명(延命) 치료는 무의미함을 남편은 그제야 절실히 느꼈다. 아내가 밤에 조금이라도 편안해지기만 했으면 하는 마음으로 연명의료중단동의서를 작성한 뒤 여기저기 전전했다. 그리고 지금, 우리 병원에 정착한 상황이었다.

지난주까지는 밤에도 안정적인 모습을 보였던 환자였는데 요 며칠은 다시 첫날 밤과 같은 비극이 반복되고 있다. 혈액종양내과, 재활의학과, 정신과, 정형외과 등 '팔다리 통증'이라는 증상으로 진료를 볼 수 있는 모든 과에 의견을 물었지만 결국 해결 방법은 하나로 모였다.

"마약성 진통제를 안정될 때까지 늘리세요."

남편은 많은 교수와의 면담을 통해 마약성 진통제가 들어가는 것이 단순히 마약에 중독되는 개념이 아니라는 것과 암 환자들에게는 흔히 사용되는 치료약인 걸 알고 있었다. 하지만 이전에 마주했던 부인의 '반송장' 같은 얼굴을 다시 보기가 두려운지 결단을 내리지 못하고 있었다. 그러나 오늘처럼 허옇게 뜬 얼굴로 턱을 꽉 문 채 머리를 부르르 떠는 아내의 모습을 남편은 더는 견디지 못할 것처럼 보였다.

"그냥 재워주세요……."

아내는 고용량의 마약성 진통제에 취한 것처럼 잠들었음에도 고통에서 해방된 얼굴은 금방까지보다 훨씬 편안해 보였다.

그로부터 며칠 지나지 않아 환자의 고통은 빠르게 안정되었다. 남편은 걱정 끝에 내린 결정이 그녀를 편하게 해주었다는 생각에, 종일 잠만 자는 아내의 모습에 눈물을 훔치면서도 안정되어 보이는 그녀의 얼굴에 안도의 숨을 쉬었다. 하지만 그건 생각보다 너무 빠른 안정이었다. 오히려 이전 기록들보다 적은 용량의 주사가 들어갔는데도 환자는 이때까지와는 다르게 너무나도 쉽게 진정되었다. 이건 (모두에게 적용되는 것은 아니지만) 임종이 직전까지 다가온 때에 흔히 나타나는 현상이었다.

이제야 겨우 숨을 돌리는 그 순간에 그가 또다시 오열할 것이 분명할 이 현상을 설명하려니 차마 입이 떨어지지 않았다. 그렇다고 설명을 늦출 수도 없었다. 이것을 설명하면 흔히 어떤 질문이 돌아오는지를 알고 있었기 때문이다. 나는 그 질문에 담겨 있는 잘못된 죄책감에서 그가 벗어날 수 있는 시간을 확보해줘야만 했다. 그것 또한 나의 책임이었다.

남편은 털썩 주저앉으며 말했다.

"제가 와이프를 죽인 건가요?"

수십 번 들어왔지만 매번 가슴에 아프게 꽂히는 질문이다. 의학적인 설명도 해보고, 사실적인 말도 해보고, 감정적인 위로도 건네봤지만 보호자의 귀에는 들리지 않았을 것이다. 하지만 우리의 노력이 환자의 안녕만을 위한 최선의 선택이었음을 이미 그도 알고 있기에 기다려주면 다시 안정을 찾을 것이다. 그저 내 할 일은 기다리는 도중에 아내가 남편을 떠나지 않도록 시간을 확보해주는 것이었다.

얼마 지나지 않아 환자는 세상을 떠났다. 불행 중 다행으로 생각보다 남편은 그녀를 덤덤하게 보내주었다. 물론 속은 문드러졌겠지만.

그가 그녀의 옆을 지키며 죄책감을 느꼈을 수많은 상황에서 이제는 벗어났기를 바라본다.

지금
그만둬야
호상이야

입원한 지 400일이 넘어가는 환자가 있다. 병원에서 큰 사고가 있었던 이후로 외출, 원외(院外) 산책, 그리고 보호자 면회가 전면 금지된 시기라서, 환자는 말 그대로 400일 동안 병원 안에서 꼼짝없이 혼자 지내왔다.

암의 종류나 진행 정도와 상관없이 암 환자를 두렵게 만드는 상황은 다양하다. 투병하면서 직장에서 먹는 눈칫밥, 반복되는 치료의 부작용, 다른 사람 손에 맡기고 온 아들딸에 대한 그리움, 가장의 책임감 그리고 모든 암 환자의 기저에 깔린 죽음에 대한 두려움.

폐암을 진단받자마자 시작된 치료가 한없이 길어져서 400일 넘게 입원해 있는 이 환자의 가장 큰 두려움은 '집에 다시 가보지 못하고 눈을 감는 것'이었다.

처음부터 이렇게까지 병원에 오래 모시려 했던 건 아니다. 뼈와 뇌에 전이가 있는 4기 폐암 환자인데, 이런 경우 항암 치료를 받았을 때 평균수명이 11개월 정도로 알려져 있다. 길지 않은 기간이기에 적어도 걸어다닐 수 있는 컨디션일 때 최대한 가족과 시간을 보낼 수 있도록 해드리고 싶었다.

하지만 퇴원 계획을 세울 때마다 문제가 생겼다. 갑자기 열이 나고, 면역 수치가 정상 수치인 5000보다 한참 모자란 50으로 떨어지고, 폐렴에 걸리고, 새빨간 피를 토하고, 항암제가 들어가는 관이 막히기도 했다. 다 나열할 수도 없는 수많은 문제들이 집에 가려는 환자를 자꾸만 막아섰다.

달마다 항암 주사를 맞고 방사선치료 때문에 하루가 다르게 머리가 숭숭 빠질 때도, 반복되는 치료로 너무 얇아진 혈관 때문에 채혈 바늘을 몇 번씩 찌를 때도, 3개월마다 찍는 CT에서 조금씩 커져가는 암을 확인했을 때도 앓는 소리 한번 크게 안 내던 환자다. 하지만 거듭되는 희망 고문은 그런 성정조차 지치게 만들었는지, "여기는 감옥이다, 감옥. 옥중 일기나 써볼까."라며 하소연 하는 날이 점점 많아졌다.

'수감 생활'이 400일을 지나 500일을 향해가던 어느 날, 환자와 보호자인 아들을 모두 스테이션에 앉혀놓고 며칠 전 검사한 CT 결과를 말해주었다.

"머리에 있는 건 비슷한데 폐에 있는 건 1년 전이랑 비교해서 이제 많이 커졌어요. 아마 항암제 바꾸자고 하실 거예요. 항암 치료에 내성도 잘 안 생기시는 편이고 폐암은 치료제가 많으니까 시도해볼 만하세요."

처음 진단일로부터 15개월이 되던 날이었다. 이미 통계적인 수치보다 오래 살고 계신 상황이었다. 치료의 효과였는지, 의지의 힘 덕분인지, 혹은 기적이었는지는 아무도 알지 못했다.

평균수명이 11개월인 줄 알았는데 4개월을 더 살고 있는 할아버지에게 누군가는 "영감님, 좋으시겠어요. 치료 계속 받으세요."라고 이야기하기도 했다.

하지만 당신의 입장에서는 암은 계속 커져만 가고, 이미 몇백 일간 꼼짝 못 하는 입원 생활을 보내왔으며, 항암 치료를 다시 시작하면 펼쳐질 상황들이 빤히 그려졌을 것이다. 그리고 무엇보다, 병원에 오래 더 있는다 해서 건강하게 살아서 나갈 수 있는 상황은 아니라는 걸 알고 있었던 것 같다.

치료를 위해 더 욕심을 부릴지, 아니면 여기서 그만둘 것인지, 그 선택은 전적으로 환자의 손에 달려 있기에 환자의 입에서 나온 결정을 말릴 수는 없었다.

"아들아, 이제 그만하자. 내 집으로 좀 데리고 가도."

환자는 후자를 선택했다.

"아버지, 다른 사람들에 비해서 치료 효과가 좋으신 편이라는데……. 여기서 그만두실 거예요? 오래 사셔야죠."

"병원에만 있는데 오래 살아서 뭐하냐. 할애비가 되어서 네가 작년에 낳은 우리 손녀 얼굴 한 번 못 봤는디……. 그리고 지금 김 선생이 내가 오래 산 편이라고 이야기하는 것 같으니 되었다. 지금 그만둬야 호상이다, 아들아."

"그래도……."

"네가 온 김에 지금 짐도 싸자. 나 혼자서는 못 한다. 퇴원한다는 거 알면 몸이 바로 고장나 버리니께 지금 빨리 가자."

환자는 미련 없이 홀가분하게 병실을 떠났다.

500일 가까이 환자의 집을 대신했던 병실은 청소를 마치자 다시 휑하니 비어 다음 사람을 기다리고 있었다. 어떻게 보면 정말로 감옥과 비슷해 보이기도 했다.

하늘로 갈 때도
오토바이
타고 가야지

　남들보다 조금 빠른 죽음을 선고받은 사람들의 반응은 크게 두 가지로 나뉜다. "할 수 있는 치료는 다 해보고 가고 싶어요." 그리고 "더 빨리 가더라도 그동안 하고 싶었던 거 다 해보고 가고 싶어요."

　암 치료에 대한 논문을 읽다 보면 치료의 효과를 판단하는 척도도 크게 두 가지로 나뉜다. '생존 기간' 그리고 '삶의 질'. 만약 어떤 항암제가 암 환자의 생존 기간은 늘리는 반면 삶의 질은 현저히 떨어뜨린다면 그것은 완전한 치료제라고 할 수 없다. 반대로 환자의 삶의 질을 좋아지

게 한다면 설사 생존 기간을 늘리지는 못하더라도 그것을
엉터리 치료제라고 할 수는 없다.

물론 암 환자에게 가장 크게 다가오는 것은 '생존'임을 알
고 있다. 나 또한 암 환자를 보던 초창기에는 후자의 반응을
보이는 환자들을 어떻게든 설득해서 전자로 끌고 왔다.

"그래도 할 수 있는 치료는 다 해보셔야죠."

하지만 그렇게 설득된 환자는 치료를 버티고 버티다가
어느 날 너무나도 쇠약해진 자신의 몸을 바라보면서 '나의
낙이었던 사람들, 일들, 취미들을 더는 경험하지 못할 것'
이라는 두려움과 맞닥뜨렸다. 어떤 사람들에게는 죽음보
다도 더 절망적으로 다가오는 두려움이었다. 그렇게 피할
새도 없이 일상의 낙을 빼앗겨버린 환자들은 말했다.

"선생님, 이 치료가 살려고 받는 치료가 맞나요? 저는
아닌 것 같아요."

제각각의 이유로 일상의 낙을 빼앗긴 채 현실을 살아
가고 있는 사람들에게 한 할아버지의 이야기를 전하고자
한다. 자신의 낙을 되찾기 위해 가장 행복한 안녕을 외치

며 병원을 떠난 환자의 이야기다.

　노령의 할아버지가 딸들의 손에 이끌려 진료실을 찾아
왔다.
　"아버지, 진짜 마지막으로 방사선치료만 딱 받고! 그때
부터는 하시고 싶은 거 다 하시게 해드릴게요."
　환자를 달래며 진료실로 들어오는 딸들의 목소리가 들
렸다.
　"싫다. 지금 말만 그렇게 하고 죽을 때까지 안 놓아주겠
지."
　폐암이 쇄골에 있는 림프절에 전이되어 방사선치료를
받고자 온 환자였다. 이미 받을 수 있는 치료는 다 받은 상
태인데 최근에 새로운 전이가 또 발견되어서 온 것이었
다. 쇄골 위에 움푹 파여 있어야 할 곳이 오히려 불룩 솟아
오른 게 확연히 보였기에 상태가 자못 심각해 보였다. 부
녀 간의 대화를 잠깐 들어보니 어르신이 원해서 온 것은
아닌 게 분명했다.
　그 연세에도 '자식 이기는 부모 없다'는 말이 적용되는

지, 딸들의 부추김을 결국 이기지 못한 할아버지는 한참을 투덜거리다 설렁설렁 입원할 채비를 갖췄다. 하지만 입원한 이후에도 할아버지는 여전히 치료에 큰 관심이 없는 듯했다.

"방사선치료 언제 끝나요? 빨리 퇴원했으면 하는데."

"쇄골 쪽은 2주 정도 입원할 생각 하셔야 해요. 퇴원해서 뭐 하시려고 그렇게 빨리 가려 하세요."

할아버지의 마음속에 병보다 중요한 무언가가 있어 보이기에 가볍게 던진 질문이었다. 그런데 할아버지가 갑자기 헛기침을 하며 어깨를 들썩이는 모습이 생각보다 진지한 대답을 내놓을 눈치였다. 그 모습에서 암 환자답지 않은 형형한 자신감이 뿜어져 나오는 것 같았다.

"오토바이 타야지요!"

응급실 의사가 가장 무서워하는 바퀴 달린 물건이 오토바이라는 사실은 이미 대외적으로 소문이 자자했다.

"오토바이요? 그 위험한 걸요?"

"에잇! 하나도 안 위험합니다! 그거 다 아마추어들이 위험하게 달려서 생긴 편견이지! 우리 같은 베테랑은 얼마나 안전하게 타는데!"

"그런 말씀하시는 분들이 제일 위험해요……."

"에잇! 선생님이 노인네한테 장난을 거네! 내가 미국에서 오토바이를 10살 때부터 탔는데요. 원래 오토바이가 전쟁에서 안전하고 빠르다고 군인들이 제일 많이 타던……."

병에 대해 이야기할 때는 세상 무관심한 표정으로 있던 할아버지는 오토바이 이야기를 시작하자 눈빛을 반짝거리며 말을 늘어놓았다. 오토바이와 함께한 나날들을 인생에서 가장 행복한 때로 추억하고 있음이 분명한 반짝임이었다.

한동안 말을 이어나가던 할아버지가 갑자기 왼쪽 소매를 걷더니 내게 내밀었다. 어르신들에게는 드문 커다란 문신이 어깨를 덮고 있었다. 미국에서부터 시작된 오토바이 동호회 회원들끼리 젊을 적 한 문신이라고 했다. 6명의 팔이 합쳐지면 동호회를 상징하는 무늬가 만들어진단다. 알고 지내던 응급실 선생님이 "오토바이가 제일 무섭다."고 말하며 덧붙였던, "그런데, 유독 오토바이 타시는 분들은 절대 못 말리는 것 같아. 매번 타다가 사고 나셨던 분이 또 다치셔서 오거든.”이라는 말이 떠오르는 순간이었다.

"2주 뒤에 퇴원시켜 주겠다고 딱 약속하면 치료받겠습니다."

이날 30분이 넘는 대화에 치료에 대한 얘기는 단 두 문장이었다.

2주가 지났다. 방사선치료는 효과가 없는 것으로 판단되었다. 계획대로 치료는 마쳤지만 방사선치료를 하는 중에도 쇄골 위에 솟아오른 '그것'은 점점 커졌기 때문이다. 처음에는 염증이나 일시적인 출혈 같은 다른 원인을 의심했지만 결국은 방사선치료를 담당한 교수님도 병이 진행되고 있다는 걸 인정할 수밖에 없었다. 더 이상 시도할 수 있는 치료가 없는 상황에서 새롭게 생긴 부분에만 마지막으로 방사선치료를 한 것이라서, 2주라는 짧은 시간 만에 할아버지는 더 악화된 말기 폐암 환자가 되어버렸다.

차근차근 설명을 해드렸다. 이제 정말 당신은 말기 암 환자가 되셨다고.

할아버지는 개의치 않아 하셨다. 보통은 겉으로만 괜찮은 척하는 경우가 대부분인데 이분은 정말 치료의 경과에는 관심이 없어 보였다. 그런 기대는 지난 경험을 통해 벌써 접고 오셨던 것 같다.

"퇴원시켜 주겠다는 약속 지킬 거지요?"

"댁에 계시다가 갑자기 안 좋아지시면 어떡해요."

"그럼 죽는 거지요. 살려고 삽니까? 하고 싶은 거 하려고 사는 거지. 그러니깐 오토바이 타러 갈 겁니다. 살 날이 얼마 안 남은 것 같은데, 나는 하늘로 승천할 때도 오토바이 타고 갈 겁니다. 내 영혼의 단짝이니까!"

기회가 되었다면 오토바이에 빠지게 되신 계기를 듣고 싶었는데, 얘기를 들을 새도 없이 할아버지는 그날 바로 퇴원하셨다. '더 이상의 입원은 나를 더 가두기만 하는 일 같다.'는 말을 남긴 채. 할아버지에게 오토바이는 당신이 암 환자라는 사실에 매몰되지 않게 해주는 고마운 물건이었을 것이다. 그저, 그가 끝까지 안전하게 타면서 하늘로 떠났기를 염원한다.

그러니
여한은
없어요

3개월마다 진료실을 찾아오는 환자가 있었다. 이 환자
는 처음 왔을 때부터 이렇게 말했다.

"일을 그만둘 수가 없어서 치료는 안 받을 거고요, 검사
만 주기적으로 해주세요."

간과 허리 척추뼈에 전이가 있는 삼중음성 유방암 4기
환자였다. 삼중음성은 유방암 중 가장 예후가 좋지 않은
유형이다. 당시 알려진 바로는 삼중음성 4기 환자가 항암
치료를 받을 때 기대할 수 있는 평균수명이 13개월이었
다. 길다면 길고 짧다면 짧은 시간. 하지만 그 13개월이 그

녀에게는 자신이 그동안 쌓아온 모든 것을 포기할 만큼의 의미는 없었던 모양이다. 30대 후반이란 열심히 일하며 살아온 커리어우먼으로서의 경력이 빛나기 시작할 시기이니까.

수없는 고민과 절망 끝에 내린 결정임을 알기에 '지금 일이 중요한 게 아니니 치료받으세요.'라고 강요할 수는 없었다. 기약할 수 없는 3개월 뒤의 예약을 잡고 떠나는 환자의 뒷모습을 볼 때마다, 마지막일 수도 있다는 생각으로 눈에 꼭 담았다.

그렇게 1년의 시간이 흘렀다. 그날도 CT 영상을 한 장 한 장 넘기며 몸 곳곳에 퍼져 있는 암의 경과를 설명해주고 있었다.

"유방에 있는 거, 간이랑 2, 3번 허리 뼈에 있는 거 모두 지난번이랑 비교해서 20% 정도 진행되었네요. 평균적인 진행 속도랑 비교하면 느린 편이긴 한데 지금까지 한 검사 중에서는 속도가 제일 빠르게 커지고 있어요."

결과가 어떻든 매번 조용히 고개만 끄덕이다가 진료실

을 나서던 환자였는데, 평소와 다르게 예상치 못한 대답이 돌아왔다.

"선생님, 이제 항암 치료 시작해 보려고요."

같은 말을 다른 환자가 했다면 오늘부터 시작할 수 있는 방법을 알아보겠다는 대답부터 튀어 나갔겠지만, 이분이 처음부터 어떤 의지로 버텨왔는지 알기에 오히려 흠칫 걱정스러운 생각부터 들었다.

"마음이 왜 바뀌셨어요? 무슨 일 있으셨어요?"

환자는 쓴웃음을 지으며 어쩔 수 없었다는 말투로 말했다.

"사실 암인 거 회사에 말 안 하고 있었는데 점점 체력이 떨어지니 숨길 수가 없더라고요. 눈치가 보이기도 해서 사직서 내고 왔어요. 그리고 저는 어차피 혼자라 제가 번 돈 다 쓰고 가야 돼요."

많은 암 환자가 겪는 지극히 현실적인 딜레마였다. 사지가 멀쩡하다 보니 매일 침대에 누워만 있을 수도 없지만, 남들과 어울리며 같은 일상을 살아가기에는 너무 아픈 몸을 가지고 있는 사람들이었다. 이런 상황을 두고 누군가 "그래도 암이 전염병으로 생각되던 시절이 있었는데, 그거에 비하면 요즘은 분위기가 많이 나아지지 않았냐."고 우리 환자에게 말하는 걸 본 적 있다. (그 말이 위로가 될 거라 생각한 건 아니길 바란다.)

그래도 힘든 항암 치료 안 받고 1년 살았으면 선방한 거 아니냐며, 농담인지 진담인지 모를 말을 이어서 하는 환자의 얼굴은 체념한 듯 보이기도 했고 언젠가는 이렇게 될 거라 예상했던 것처럼 보이기도 했다.

항암 치료는 한 번만에 중단되었다. 항암 주사가 들어가자마자 쇼크 증상이 나타나 몇 주간 치료를 받은 후 CT를 다시 찍었는데, 그 짧은 시간 만에 전신으로 퍼져버린 암이 확인되었기 때문이다. 갑자기 진행이 빨라진 이유는 알 수 없었다. 원래 암이라는 게 이렇게 가늠이 되지 않기에 더 무서운 병이었다.

"항암 치료를 받는 건 제 운명이 아닌가 봐요. 젊은 나이에 차장도 달았고, 돈도 많이 벌어봤고, 치료 안 받는 대신 나름 여행도 많이 다녔어요. 그러니 여한은 없어요. 아,

이럴 때 손잡아 줄 수 있는 짝지가 없는 건 좀 아쉬운 것 같네요. 아니, 차라리 혼자 놔두고 가는 사람이 없는 게 더 마음 편해요."

집으로 가고 싶다고 말을 덧붙이는 환자의 부탁에 퇴원 절차를 밟게끔 했다. 채비를 마치고 병동 문을 나서는 환자의 뒷모습이 뇌리에 박혔다. 이제는 더 이상 3개월 뒤의 예약도 없는, 정말 마지막 뒷모습이었다.

저 이렇게
계속 버티기만 하면
돼요?

이건 한 아이에게 기적이 일어나길 바라며 쓰는 일기이다.

(1월 4일 오전 11시 20분)

오전 내내 집중이 안 되는 날이다. 오후 3시에 예정되어 있는 16세 신환(新患) 때문이다. 말기 암 위주로 보다 보니 환자의 연령대가 높은 편이다. 어쩌면 16살 여자아이는 내 생애 가장 어린 암 환자가 될 것이다.

분명 아이는 또래에 비해서 훨씬 자그마할 것이다. 한창 먹고 싶은 게 많은 나이일 텐데 죽이라도 먹으면서 지내온 걸까? 아니, 애초에 뭔가를 먹을 수는 있는 상태인지 아닌지도 모르겠다. 아이 뒤에는 엄마가 서 있을 것이다. 마음속으로는 몇천 번이고 울었겠지만 딸이 앞에 있으니 티를 내지 않겠지. 지푸라기라도 잡는 심정이 전해지는 그 눈과 마주치면 결국 내 눈에도 눈물이 고여버릴지 모른다. 하지만 절대 울어서는 안 된다. 의사의 눈물은 '우리 병원에서의 치료도 큰 희망을 가지기 힘들다.'는 의미로 해석될 수 있으니까.

(1월 4일 오후 3시 10분)
환자와 보호자가 진료실 밖에 도착했다. 슬쩍 먼저 훔쳐봤다. 역시나 아이는 마르고 작다. 하지만 엄마가 병원 자료를 주섬주섬 정리하는 동안 혼자 접수처에 와서 내 이름을 말하며 진료 보러 왔다고 이야기하는 걸 보니 똘똘한 녀석인 것 같다. 얼굴이 뽀얘서 툭 치면 쓰러질 것처럼 연약해 보이지만 눈빛은 초롱초롱하고 목소리도 카랑카랑한 게 아주 기특하다. 역시나 이 아이 앞에서는 의사로서, 아니

언니로서 눈물을 글썽이는 것도 안 되겠다.

(1월 4일 오후 3시 30분)

의무기록지부터 전달받았다. 2년 전에 진단받은 직장암이다. 진단 당시부터 간과 직장 근처 림프절에 전이가 있었다. 적힌 내용을 시간 순서대로 정리해보니, 14살에 암을 진단받은 아이가 처음으로 의사한테 권유받은 치료는 장루 수술이었다. 이 수술은 장을 절제하고 인공 항문을 만들어 바깥으로 연결하는 수술이다.

수술 전에는 항암 치료를 해야 했고, 수술 후에는 방사선 치료와 고주파 치료도 예정되어 있었다. 한 가지 치료도 힘들 나이에 암 환자가 받을 수 있는 거의 모든 치료를 한꺼번에 받는 일정이었다. 장루를 달고 수술 방에서 나와 다음 암 치료를 받으러 가는 딸의 모습을 본 엄마의 심경은 어땠을까?

수술 후에도 유지하고 있던 첫 번째 항암 치료는 대장 전반으로 악화된 림프절 전이 때문에 중단되었다. 두 번째 항암 치료에는 직장암에 가장 많이 쓰는 항암제를 사용했지만, 어른들도 견디기 힘들어할 만큼 힘든 부작용이 잦은 약이기도 했다. 이때가 체력적으로는 가장 힘든 시기였을 것이다. 씩씩한 목소리의 주인공답게 1년여를 잘 견딘 것 같지만 이마저도 폐에 새로운 전이가 확인되어서 중단됐고, 세 번째 항암 치료는 두 번째 항암제에서 약간의 변형만 된 약이라 얼마 쓰지 못하고 금방 중단되었다.

네 번째 항암제가 오늘 기준 가장 최근까지 치료받고 온 약이다. 3달 정도 사용한 후, 며칠 전 크리스마스이브에 CT를 찍은 것 같다. CT 결과는 '수술하고 남은 흔적에서 재발, 폐 전이 개수 증가, 림프절 전이 크기 커짐.'이라고 적혀 있다. 곧 들어올 모녀에게 앞으로의 일정을 물어보면 암 치료를 받던 병원의 예약이 가까운 날짜로 잡혀 있겠지. 그 병원에서는 마지막 선택지 또는 임상 연구 신약을 제안할 가능성이 클 것이다.

진료실 문 너머로 모녀의 대화가 들린다. 기록을 읽은 후 다시 듣는 아이의 목소리는 울지 않겠다는 다짐을 흔든다. 오늘 같은 날에는 솔직히 나의 업이 조금 버겁게 느껴지기도 한다.

(1월 4일 오후 4시 20분)

진료를 마쳤다. 아이는 본인이 맞았던 항암제의 성분명을 줄줄 읊을 정도로 똑똑했다. 오랜 투병 생활에 지쳤을 법도 한데, 아이가 뿜는 빛은 바래지 않고 여전히 총명한 기운을 뿜고 있었다. 하루 일과가 어떻게 되느냐고 물었더니 돌아온 대답은 지극히 평범한 16살의 하루였다.

"점심 먹기 전에 일어나요. 밥 먹고 문서 작성하는 알바 잠깐 하다가 친구 집 놀러 갈 때도 있고요, 그냥 집에서 TV 볼 때도 있어요. 그러고서 저녁 먹고 다시 자요."

아이는 아무렇지 않다는듯 대답했지만, 엄마는 심각한 표정으로 덧붙였다.

"밤에 잠을 못 자요. 새벽에 불안한지 자꾸 깨서 가만히 앉아 있다가 다시 눕더라고요."

엄마의 말에서 전해지는 불안함을 아이는 숨기고 싶었던 것 같다. 밥은 잘 먹는다는 말에 뭐가 제일 먹고 싶었느냐고 물었더니 곱창이라는 대답이 돌아왔다. 정말로 평범한 16살이었다.

조금의 눈물도 보이지 않겠다는 다짐이 흔들리는 순간이 몇 번 있었다. 곱창이 제일 먹고 싶다고 씩씩하게 말하던 아이가 그간 고생 많았다는 한 마디에, 굵은 눈물방울을 뚝뚝 흘리며 "원래 우는 성격 아닌데……. 그럼 저 이렇게 계속 버티기만 하면 돼요? 그러다 보면 낫는 날이 올 수도 있을까요?"라고 말했을 때.

잠시 딸이 자리를 비운 틈을 타 참고 있던 눈물을 터뜨리며 "사실은 마음의 준비를 하라는 이야기 듣고 왔어요. 놓아야 할 때는 놓아주고 싶어요. 그렇지만 여기서 마지막으로 할 수 있는 치료는 없을까요?"라고 말하는 엄마를 보고 있을 때.

알고 보니 몇 년 전 내가 떠나보낸 환자의 가족에게서 소개를 받아 오게 되었다는 얘기에 이어 "그분 누님이 선생님께 감사하대요."라는 말을 전해 들었을 때.

나를 버팀목이라고 생각하라고 마지막에 건넨 말이 두 모녀에게 희망으로 다가갔기를 바란다. 환자는 암 치료를 받던 병원에 모레 예약이 잡혀 있다고 했다. 그때 일기에는 모녀의 눈물이 조금은 말라 있기를.

　혹시나 이 글을 읽을지도 모를 아가야. 너를 위한 글이
맞아. 지금까지 정말 잘해왔어. 사실 나는 겪어보지 못해
서 너의 마음을 다 알지는 못해. 그러니 네가 얼마나 힘들
게 버티고 있는지 알려줘. 같이 버텨나가자.
　울고 있는 너에게 휴지를 미처 못 챙겨 준 것이 마음에
걸리는 선생님이.

2장

누가
무덤까지
못 들고 간다고
했나요

아버지,
그거 저희한테
주실 거죠?

컴퓨터로 병원 전자 차트를 열자 지난밤 동안 쌓인 간호 기록이 쭉 떴다. 그중 하나에 강조 표시가 된 알림이 있었다.

★ OOO 환자 보호자분들 오후에 면담하러 오신대요.

며칠 전 혼자 병원을 찾아와 "쉬기만 하다 갈렵니다."라고 말하고 1인실로 들어간 말기 대장암 환자의 알림이었다. 일상복을 입고 있을 때는 몰랐는데 환자복으로 갈아

입자 불룩 솟아오른 배가 확연히 보였던 환자였다. 그 배 안에는 복수가 가득 차 있었다. 아무리 말기 암이더라도 그 정도 양의 복수는 그냥 두고 볼 수 없어 모른 척 환자에게 다가가 치료 얘기를 꺼냈더니 바로 단호한 거절의 말이 돌아왔었다.

"치료는 괜찮습니다. 그냥 편하게 쉴 수만 있게 해주면 좋겠는데……."

그날 이후로 관리 차원의 치료만 들어가고 있었다. 그러던 중에 전달된 보호자들의 면담 요청이었다.

보호자분'들'이라기에 2~3명 정도 올 거라 예상했는데 어른 6명에 아이도 1명 있어서 병원이 북적였다. 서로 간에 오가는 대화를 살짝 들어보니 6명은 아들, 딸, 며느리, 사위 들이었고, 아이는 그중 한 쌍의 아들인 듯했다.

면담이 시작되었다. 안 그래도 예상보다 많은 보호자가 스테이션을 꽉 채우고 있어 분위기가 어수선한데, 아이는 그 안에서 자꾸 뛰어다녔고 아이를 말리는 엄마 아빠의 목소리까지 더해져서 대화에 집중하기 어려웠다. 그래도 환자의 경과가 전형적인 말기 대장암의 예후를 따라가고 있는 상황이라 설명하기 어렵지는 않았다. 의무기록지에 적혀 있는 치료 이력을 말하고 가장 최근에 다른 병원에서 찍어온 CT 영상과 우리 병원에서 시행한 검사 결과를 보여주며 면담을 이어갔다.

"마지막으로 암 치료를 받으신 지가 1년 넘으신 것치고는 결과가 나쁘지는 않아요. 그렇지만 배 둘레가 100cm가 넘을 정도로 복수가 차 있는 게 좀 걱정이 됩니다. 환자분은 추가적인 치료를 원하지 않으시지만 일반적으로 말기 암 환자분에게 복수가 차는 게 보이기 시작하면 평균적인 여명을 3개월 정도로 설명드리고 있어서……."

"헐, 오빠! 배에 물 차면 3개월이래!"

갑자기 보호자가 설명을 뚝 끊으며 외쳤다. 이어서 그들만의 대화가 오갔다.

"아버지 언제부터 배 부르기 시작했는지 본 사람 있냐?"

"아무도 모르지! 노친네가 맨날 혼자서만 다녔잖아. 꽁꽁 숨기는 버릇은 옛날부터 여전해."

기록에 따르면 약 두 달 전부터였다.

면담을 중단하고 싶었다.

하지만 법적 보호자들이 묻는 질문에 대답할 의무가 있는 나로서는 이론적으로 한 달가량 여명이 남았다는 사실을 전할 수밖에 없었다. 이 말을 들은 보호자들은 갑자기 "네, 네."라고 말하며 면담을 급히 마무리하더니 시간에 쫓기듯 짐을 부랴부랴 챙겨서 환자의 병실로 우르르 몰려갔다.

이후부터는 병실 밖까지 들리도록 크게 이야기하기에 기억에 남을 수밖에 없었던, 가족 간의 대화이다.

"아버지! 한 달 남으셨대요!"

"그래서?"

"이제 좀 숨기고 있던 거 다 꺼내놓으세요! 자식이 뭘 그렇게 빼앗아 간다고 암인 것도 숨기셨어요?"

"이제 알았으니 숨긴 거 없다."

"아니! 그 이야기가 아니잖……! 하……."

"에이, 장인어른~ 무슨 말인지 아실 분이 왜 그러세요."

"형부는 뭘 아신다고 나서세요? 아빠! 옛날에 우리한테 주기로 약속했었잖아~"

"맞아요, 아버님. 그때 이야기 다 하셔놓고 왜 이제와서 모르는 척이세요."

"그쪽은 순서가 안 맞지~ 아버지! 그거 저한테 주실 거 죠? 하나뿐인 손주도 할아버지 보고 싶다고 와 있어요."

이후의 내용은 생략한다.

우리 병원의 1인실 비용은 하루에 40만 원 정도 된다. 유일하게 보험이 안 되는 병실이라 비어 있는 경우가 많다. 환자는 그 1인실에서 딱 40일을 지내다가 돌아가셨다. 병실료만 1,600만 원이 나왔을 것이다.

임종이 다가오면 보호자가 마지막을 지킬 수 있도록 연락을 한다. 돌아가시기 전날, 보호자에게 전화를 하려 번호를 조회했더니 서로 다른 번호 4개가 등록되어 있었다. 어떤 번호가 주 보호자의 것인지 몰라 4명 모두에게 전화를 돌렸다. 얼마 지나지 않아 면담 때 봤던 얼굴들이 모였다. 내가 아는 바로는 다들 면담 때 만난 이후로 오랜 만에 다시 모인 거였다. 보호자들은 그간 심경의 변화가 있었는지 지난번처럼 큰소리로 대화하지는 않았다.

의식이 없는 환자에게 마지막 인사를 건네고 나온 보호자들이 병동을 벗어나면서 하는 말을 듣고 있자니, 이제는 더 이상 관심을 쏟고 싶지 않았다.

"장례비 처리는 n분의 1 하는 거지?"

"응, 어쩔 수 없지."

"하, 그러게 왜 그 큰돈을 연고도 없는 학교에 다 줘가지고…… 노친네 끝까지…….."

내 새끼를
지켜라!
목숨을 건 외출

'돈이 많다고 행복한 것은 아니지만 돈이 없으면 불행하다.'라는 말이 있다. 열심히 근로하며 하루하루 살아가는 우리 같은 사람들에게 꽤 현실적으로 다가오는 말이 아닐까 하는 생각이 든다. 죽음을 앞둔 암 환자도 다르지 않다. 죽기 전에는 '돈 벌 시간에 가족 얼굴 한 번 더 보지 못한 걸 후회하겠지'라고 많이들 생각하지만, 예상과 달리 내가 본 많은 환자가 정신이 혼미한 와중에도 '돈 벌러 가야 되는데.'라고 중얼거리곤 했다.

그중 가장 돈에 진심이었으며 목숨까지 걸며 돈을 지

키려 했던 한 환자의 이야기를 나누려고 한다.

70대 정도로 보이는 남자가 병동 문을 열고 씩씩하게 걸어 들어왔다.

"입원하러 왔는데예!"

조용한 병원에 오랜만에 울려 퍼지는 우렁찬 목소리였다. 남자는 어느새 스테이션 안으로 들어와 의자에 앉은 채 호탕한 목소리로 말을 이어갔다.

"선생님요, 지가 시골에서 서울 올 때 보자기 하나 달랑 들고 와가꼬 이제 좀 자리 잡았는데예. 주구장창 일만 억수로 했드만 폐암에 걸리삐고. 마 근데 이제 암은 모르겠고 남은 건 내 새끼뿐이라예."

흔한 자식 자랑 중에 들리는 반가운 경상도 사투리에 허허 웃으며 의무기록지를 펼치자 몇 번을 봐도 참 익숙해지지 않는 문구가 보였다.

'보호자 없음. 더 이상 시도 가능한 항암 치료 선택지 없음. 본인에게 설명함.'

'보호자 없음'이라는 첫 문장과 여전히 '내 새끼' 자랑을 하는 환자의 말이 충돌되자 '이렇게 자랑스러워하는 자제분이 미처 간병하지 못하는 사정이 있구나'라는 생각이 들었다. 그러자 눈에 보이는 내용과 귀로 들리는 활기찬 목소리의 괴리감이 더 슬프게 다가왔다. 하지만 이내 감정에 사로잡혀 환자를 잃을 뻔했던 과거의 몇몇 순간을 떠올리며 먹먹한 마음을 접어두고 환자의 팔을 붙잡아 바이탈을 쟀다.

근데 웬걸, 산소포화도가 정상에 훨씬 못 미치는 수치가 나왔다.

"환자분, 숨 안 차세요? 혼자 어떻게 오신 거예요?"

"숨 안 차는데예. 집사람은 먼저 가서 혼자 왔심더!"

보통 증상이 없는 상태가 오히려 더 위험한 경우가 많았다. 마음이 급해진 나는 환자 말을 끊고서 얼른 코에 산소 줄을 연결하고 뒷말은 더 듣지 못한 채 환자를 병실로 들여보냈다.

한 달 동안 치료를 하며 산소요구량이 많이 적어졌지만 여전히 산소 줄을 떼면 산소포화도가 정상보다 낮았다. 암 때문에 어쩔 수 없이 산소를 계속 유지하셔야 될 것 같다고 설명했지만 환자는 "산소 이거 뭐 할라고 합니꺼! 숨 차지도 않는데 코만 아프구로!"라고 외치며 산소 줄을 툭 빼고는 매일같이 내 새끼 자랑하기에 바빴다. 정작 그 '내 새끼'는 연락처도 없고 그때까지 병원에 한 번도 찾아오지 않았는데 말이다. 괜히 내가 속상한 마음에 언젠가부터 그 자랑들을 한 귀로 흘려들었다. 반복되는 자식 자랑에도 끝까지 못 들은 척, 대꾸도 하지 않고 산소 줄을 끼워주는 걸 반복하면서 시간은 흘러갔다.

두 달이 더 지났고 서로 친근하게 부를 정도로 가까워진 어느 날이었다. 갑자기 할아버지가 나를 급하게 불렀다.

"내 집에 갔다 와야 된다!"

집 계약서를 숨겨놓았는데 요즘 먼 친척들이 비어 있는 그 집에 자꾸 들어가려고 한다며, 서류가 잘 있는지 불안해서 참다 참다 이제는 가지고 와야겠다는 것이었다. 산소를 단 암 환자를 다른 병원으로 전원시키는 것도 아니고, 집 문서 챙기겠다고 보호자가 없는 곳으로 보내주는 건 말도 안 되는 일이었다. 절대 안 된다고 받아쳤지만 할아버지는 "집에 안 보내주면 내 불안해서 죽는다! 보내주도 죽고 안 보내주도 죽으면 마 보내주야지!"라며 맞불을 놓았다. 그렇게 몇 분 동안 실랑이가 오갔다.

"그거 가지러 가시다가 집에 들어가 보지도 못하고 돌아가신다고요!"

"알고 있다! 그래도 개안타고! 그기 내한테 어떤 집인지 아나!"

내가 끝까지 강하게 막아서자 할아버지는 그 집과 얽힌 당신의 70년 인생사를 들려주었다.

할아버지네 집은 시골에서 아버지가 부동산 관련 사업을 해서 나름 풍족했다고 한다. 다만 가정 폭력을 못 이긴 어머니가 도망을 갔다. 혼자 남은 9살 할아버지는 보자기에 생필품만 넣고 도망쳐 서울에 올라왔다. 20대까지 공장에서 숙식을 해결하고 맞아가면서 일만 했더니 어느 정도 돈이 모였다. 할아버지는 그 돈 전부를 아버지 어깨 너머로 배운 지식을 써먹어서 상가 하나에 투자했다. 그런데 그게 사기일 줄 누가 알았을까. 다행히 공장에서 평판이 좋아 공장 사장님이 나서서 도와준 덕분에 사기꾼을 감옥에는 넣었지만 돈은 결국 돌려받지 못했다.

그 사건이 인연이 되어 사장의 딸과 결혼을 했다. 마음을 어떻게 표현해야 하는지 보고 자란 게 없어 버는 돈을 그대로 다 모아 지금의 그 집을 사서 아내한테 주었다고 한다. 선물 준 집으로 이사를 왔는데 무리를 했는지 아내는 집을 제대로 보지도 못하고 몇 개월 동안 삭신이 쑤신다는 말만 일삼았는데 알고 보니 뼈에 전이가 된 유방암 때문이었다. 아내는 몇 달 뒤 세상을 떠났다.

충격을 받은 할아버지는 더욱 일에만 매달렸다고 한다. 점점 쌓여가는 돈을 쓸 곳이 없어서 아내를 생각하며 집만 꾸미면서 살아왔다. 그러던 어느 날 정기적으로 하던 건강검진에서 몇십 년 동안 계속 흡입해온 공장에서 다루던 물질 때문에 폐암이 생겼다는 말을 들었다.

"선생님요, 내가 죽을 때 이 집을 못 들고 가는 걸 몰라서 이라는 거 같나. 거는 내가 집사람한테 처음으로 좋은 거 사준 기다. 근데 그것도 제대로 못 누렸고 내도 쌔빠지게 일한 대가로 지금 이러고 있다 아이가. 그 집이 내 인생에서 유일하게 남은 증거물 아이가. 내가 열심히 살았다는 증거! 우리 집사람이 있었다는 증거! 이렇게 빼앗기면 내 죽는 기다. 가다가 죽더라도 내가 시도는 해봐야 한이 없지 않겠나. 이 마음 이해 못 하나."

이 말을 끝으로 할아버지는 그날 오후에 바로 퇴원했다. 70년의 인생 이야기에서 매일같이 자랑하는 자식 이야기는 왜 빠졌는지 의문이 잠깐 들었지만, 환자의 목숨을 담보로 실랑이를 벌이다 퇴원 준비를 빨리 해야 하는 긴박한 상황이라 이내 곧 머릿속에서 사라졌다. 정말 목숨을 걸기라도 했는지 할아버지는 내가 법적으로 문제없는 퇴원을 위해 내민 수많은 정 없는 조건에도 반박 한 번 하지 않았다.

외출 중 사고는 병원 책임이 되므로 외출이 아닌 퇴원으로 나가실 것, 퇴원의 위험성, 특히 갑자기 임종할 수도 있다는 위험성을 숙지한 채 환자 의지로 퇴원했다는 사실을 증명하는 '자의퇴원서'를 작성하고 가실 것, 집이 왕복 2시간 거리이므로 2시간 지나도 연락 없으면 병원에서도 연락을 취하지 않을 것 등 나를 보호하기 위해 선을 긋는 통보였다. 오냐 오냐, 하면서 동의서에 서명을 마친 할아버지는 내 손에 체크카드를 쥐여주고는 이 한 마디를 남기고 병원을 떠났다.

"가다가 죽었는데 병원에 못 낸 돈이 있을 수 있으니 알아서 하라."

내 생애 가장 긴 2시간이었다. 할아버지는 전화를 걸어도 받지 않았다. 서류상으로는 방어를 다 해놓았으니 문제될 게 없다고 되뇌었지만 카드를 쥔 손에서 식은땀이 배어났다. 심장은 미친 듯이 쿵쾅거렸고 두 다리는 1층 병원 입구에서 도저히 가만 있지를 못했다. 영겁 같은 2시간에서 10분이나 더 지나서야 택시 하나가 병원 입구에 멈추더니, 누가 봐도 몇십 년 되어 보이는 분홍색의 보자기를 가슴에 품은 할아버지가 흰자위를 뒤집고 들어오며 외쳤다.

"선생님요, 내 산소 좀 도!!!! 숨 넘어간다!!!!"

상경할 때 메고 왔다는 보자기 이야기를 왜 이렇게 자주 하시나 했는데, 알고 보니 그 보자기 안에 집 서류가 숨겨져 있었다. 병원에 얼굴 한 번 비추지도 않았던 '내 새끼'는 사람이 아닌 마침내 다시 당신 품속에 넣어 온 '그 집'이었다. 그리고 그 집은 서초동 소재의 아주 넓은 단독주택이었다. (갑자기 할아버지의 행동이 더 이해되는 순간이었다.) 자식은 반복된 유산으로 인해 처음부터 없었다고 한다.

마침내 집문서를 손에 쥔 할아버지는 마음이 편해져서인지 1년 가까이 입원하면서 더 기운을 차렸고, 그 1년 사이 신약 항암제가 개발되어 항암 치료를 다시 받았다. 신약에 대한 반응이 매우 좋아 대부분의 종양 크기가 줄어서 절제 수술도 받았다. 지금은 한 군데에만 암이 있는데 크기가 몇 년째 커지지 않아서 검사만 꾸준히 하고 시골에서 농사를 지으며 여생을 보내고 있다.

가끔 생각나면 전화를 거는데 그럴 때마다 "선생님이

내 살린 거 알제? 근데 거 집에 보내줄 거면 땡깡 직이지 말고 진즉에 보내주지! 그건 지금도 좀 미안하제?"라고 이야기한다.

물론 이 할아버지를 살린 건 항암 치료고 그마저도 극히 드물게 매우 기적적인 경우다. 발을 동동 구르던 2시간 10분의 순간으로 돌아가면 지금도 이유 모를 화가 불쑥 올라오곤 한다. 하지만 한편으로는 그분이 어떤 마음으로 인생을 살아왔는지 가늠이 되지 않는다. 그건 아마 내가 가늠할 수 없는 넓이와 깊이일 것이다.

당신이 남편이면
지금 저 남자는
누구죠?

이건 입원한 지 5일 만에 돌아가신 환자의 이야기다. 아니, 그 보호자들의 이야기다. 이야기 속 등장인물들의 이름은 모두 가명이다.

한 남자가 스트레처 카(환자 운반 침대)에 실려오는 여자를 뒤따라 울부짖으며 병동에 뛰어 들어왔다.

"눈 좀 떠봐, 미애야!"

저번 주부터 전원이 예정되어 있던 환자였다. 연명의료

중단동의서를 작성한 말기 암 환자로 호스피스(죽음이 가까운 말기 환자가 마지막 순간을 평안하게 맞이할 수 있도록 돕는 시설) 대기가 길어지던 중에, 곧 임종할 것으로 예상되어 부득이하게 우리 병원으로 전원 온 경우였다.

중단동의서를 작성한 환자의 보호자들은 마음의 준비가 되어 있는 경우가 많았다. 가족을 떠나보낼 준비를 어떻게 미리 할 수 있겠냐만은, 그럼에도 대부분은 임종을 앞둔 감정을 덤덤히 삭이고자 노력했다. 그렇기에 환자의 이름을 부르짖으며 우는 소리는 실로 오랜만이었다.

환자는 우리 병원에 도착할 때부터 의식이 없었다. 흔들어 깨워도 반응이 없었다. 건네받은 기록에는 이런 상태가 된 지 한 달이 넘었다고 적혀 있었다. 하지만 같이 온 남자는 의식을 잃은 모습을 마치 처음 본듯이 입원 수속을 밟는 내내 환자의 팔을 잡고 흔들며 "미애야, 미애야……"라고 끊임없이 중얼거렸다. 역시 가족을 잃는 슬픔은 어떻게 해도 익숙해지지 않는구나 싶어서 숙연한 기분이 들었다. 이미 스테이션에는 비극적인 남녀의 등장으로 눈시울을 붉히는 사람도 몇몇 있었다.

몇 시간이 지나자 병실에서 흘러나오던 남자의 울음소리도 멈췄다. 한숨을 돌리고 있는데 병실 문이 열리더니 남자가 스테이션으로 나왔다.

"저기…… 대변을 본 것 같은데 좀 도와주실 수 있나요?"

의식이 없는 환자는 2차 합병증을 예방하기 위해 간병하는 사람이 신경 써야 하는 부분이 많다. 그중 하나가 기저귀다. 대변이 나오면 갈아줘야 하는 것은 기본이고, 가끔 소변 줄에서 소변이 새서 기저귀에 묻는 경우도 있기에 청결을 위해서라도 주기적으로 교체해야 한다. 하루에도 몇 번씩 하는 일이다 보니 웬만한 보호자들은 기저귀 가는 정도는 전문 간병인보다도 베테랑이었다.

그런 보호자가 도움을 요청하는 경우는 침대 시트가 흥건히 젖었거나 분변이 어딘가에 크게 묻어버린 상황이었기에 만반의 준비를 하고 병실로 들어갔다. 그런데 웬걸, 주위는 깨끗했고 기저귀에는 약간의 흔적만 묻어 있을 뿐이었다. 의아해하다가 남자에게 말을 건넸다.

"청결이 걱정돼서 그러시는 거면 기저귀만 지금 교체하시면 될 것 같아요"

"네, 걱정돼요. 그런데 제가 한 번도 갈아 본 적이 없어서요……."

흔한 상황은 아니었지만 전문 간병인의 도움을 계속 받아왔다면 그럴수도 있겠다 싶었다.

들어간 김에 내가 대신 치우면서 벗긴 기저귀를 둘둘 말아 남자에게 건네주었다. 받아서 폐기물 통에 버리시라는 뜻이었다. 그런데 남자가 '윽' 하고 탄식하며 뒷걸음질을 쳤다. 방금까지 미애의 이름을 애처롭게 부르던 남자는 사라지고, 얼굴 위에 혐오가 스쳐갔다. 곧바로 표정을 완전히 지운 남자는 이내 비닐장갑을 끼고 기저귀를 건네받았지만 나는 모르는 척 지나가기가 어려웠다.

"많이 힘드시면 전문 간병인을 쓰세요."라고 권유하자 "어휴, 그건 안 되죠. 미애가 언제 잠깐이라도 의식을 차릴지 모르는데요. 해줄 말이 많아요."라고 남자는 답했다. 손사래를 치며 사양하는 모습에 내가 오해했나 싶어 더는 대화를 이어가지 않고 뒤돌아 병실 문을 닫고 나왔지만 께름칙한 기분은 지울 수 없었다.

사흘이 지났다. 내 걱정은 기우에 불과했다는 걸 증명이라도 하듯 남자는 내가 환자를 보러 갈 때마다 환자의 옆을 지키며 이상적인 보호자의 모습을 보였다. 마음을 추슬렀는지 더 이상 울지는 않았고 잠시라도 환자의 의식이 돌아오는 순간만을 기다리고 있는 것 같았다.

그날 저녁, 잔무 처리를 위해 스테이션에 늦게까지 남아 있지 않았더라면 나는 그 남자를 그렇게 기억하고 있었을 것이다. 모두가 잠든 늦은 시각, 스테이션에 같이 있던 시니어 간호사 선생님이 나를 조용히 불러 말했다.

"선생님, 지금 김미애 씨 병실에 있는 남자, 환자가 암인 줄도 몰라요."

다음 날 날이 밝자마자 병원 시스템에 등록되어 있는 보호자 번호로 전화를 걸었다.

"안녕하세요, 혹시 김미애 씨 보호자 번호 맞나요?"

"아, 네. 제가 김미애 씨 남편이기는 한데요. 무슨 일이 있나요? 요 며칠 새 간병 여사님은 별 연락이 없으셨는데?"

예상한 대답 중에 가장 최악이라 생각했던 답이었다. 부랴부랴 상황을 설명했다. 다행인지 불행인지 내가 말하는 지난 일들을 잠자코 듣고 있던 보호자는 "아, 그 사람 병원에서 또 그러고 있어요? 한동안 안 그러더니 다 끝난 이야기를 왜 자꾸 하게 만드는 거야. 죄송한데 선생님, 저 병원 금방 갈 수 있으니깐 그 사람 좀 붙잡고 있어주세요." 라고 말하고 전화를 끊었다.

몇십 분 지나지 않아 '진짜' 보호자가 병동에 들이닥쳤다. 그 남자가 "제가 김미애 씨 남편인데요."라고 첫 말을 꺼내는 소리가 그 남자에게도 들렸는지 병실 안에서 갑자기 분주한 기색이 느껴졌다. 혹시 몰라 급하게 병실로 들어갔더니 남자는 짐을 싸고 있었다. 아마도 도망갈 채비를 했던 것 같다. 의료진들에게 붙들려 기회를 놓친 남자는 곧 병실로 따라 들어온 보호자에게 되레 소리를 질렀다.

"미애 암이라며? 지금까지 나한테 어떻게 한마디 말도 안 해 줄 수가 있냐. 내가 미애랑 같이 보낸 시간이 얼만지 알아? 미애가 너한테 도장만 찍어줬으면 다인 줄 알아?"

"아니, 이봐요. 어쨌든 법적으로 남편은 저 아닙니까. 미애랑 다 끝낸 이야기를 왜 혼자 자꾸 뒤집으려 하세요? 호시탐탐 잠깐 기운 차릴 때만 노리고 있는 걸 모르는 줄 알아요? 간병인은 또 언제 보냈습니까?"

뒷 대화는 미리 호출해둔 보안팀이 병실에 도착하면서 듣지 못했다. 환자는 이 소란이 난 몇 시간 뒤에 임종하셨다. 장례 절차는 진짜 보호자인 남편이 모두 밟았고 그 남자는 보안팀이 병동에서 끌고 나간 뒤부터 코빼기도 보이지 않았다.

몸의 감각 중에서 가장 마지막에 닫히는 감각이 청각이라고 한다. 의식이 없는 사람이라도 귀로는 듣고 있을지도 모른다는 소리다.

잠깐이라도 한때는 사랑했을 두 남자가 움직이지 못하는 자신을 앞에 두고, 아마 그녀는 알고 있을 모종의 이유로 싸우는 소리를, 침대 위에 덩그러니 누운 채로 모두 듣고 있었던 건 아니었기를.

남편은
치매라니까요?

실어증이 있는 뇌암 환자에게는 부인이 두 명 있었다. 신기하게도 첫째 부인 슬하에는 딸이 둘 있었고 둘째 부인에는 아들이 둘 있었다. 모두 환자의 아들딸이었다.

폐에 전이가 있는 4기 뇌암으로 진단받은 환자는 이미 고령이었기에 수술을 받기는 위험해 방사선치료만 하게 되었다. 방사선치료를 시작한 지 3일째가 되던 날, 환자는 갑자기 말을 하지 못하게 되었고 실어증을 진단받았다.

실어증이 생긴 환자의 모든 치료를 중단시키고 우리 병원에 데리고 온 건 둘째 부인이었다. 처음 진료실에서 본 부부의 모습은 아내가 조금 어려 보이는 것 말고는 보통의 부부와 똑같았다. 하지만 입원 기간이 몇 주씩 늘어나면서 환자를 보러 오가는 사람들의 말을 들어 보니 부부는 보통의 관계와는 다소 먼 듯했다. 법적 가족으로 신고되어 있는 사람들은 첫째 부인과 4명의 자식이었고 둘째 부인은 동거인 관계였기 때문이다.

말을 건네면 대화를 이해는 하는 듯했지만 '어' 소리도 내지 못하던 환자의 의식이 점점 꺼져가고 있던 어느 날이었다. 보호자—둘째 부인—가 나를 찾는다는 콜이 왔다. 우리 병원에 입원시킨 이후부터는 아주 가끔씩만 얼굴을 보러 왔지만, 처음 모시고 온 사람이 본인인 만큼 환자 상태를 모르는 사람이 아니었다. 그런 사람이 내가 옆에 앉자마자 엉뚱한 질문을 던졌다.

"남편, 치매인 거죠?"

치매는 보통 인지능력을 평가하는 질문에 대한 반응을 보고 질환의 여부를 추정할 수 있다. 최근 잠을 자는 시간이 많아졌을 뿐, 여전히 아침마다 증상을 묻는 질문에 눈을 깜빡임으로써 대답을 하고 고개를 끄덕이는 노인이 치매일 가능성은 매우 희박했다. 잠이 많아지는 것도 암의 진행 때문일 가능성이 매우 컸다.

"검사를 안 해봐서 확실하지는 않은데 치매는 아니시니 그건 걱정하지 마세요."

"그 걱정을 하는 건 아니고……. 그럼 치매도 아닌데 왜 저렇게 잠만 자요?"

"아, 그거는 아무래도 암이 진행되시면서 잠이……."

"네네. 알겠는데 보호자가 보기에는 치매인 거라니까요? 그러니 아까 언급하신 검사 남편한테 해주세요."

의식이 저하되고 있는 뇌암 환자의 치매를 '진단'할 수 있는 검사는 거의 없었지만 뇌파 검사나 치매를 추정할 수 있는 설문지라도 찾아서 평가해볼까 싶어 법적 보호자의 동의를 받기 위해 첫째 부인에게 전화를 걸었다.

"병원인데, 다른 보호자분께서 환자분 치매를 걱정하셔서요. 혹시 관련 검사를 부담되지 않는 선에서 해봐도 될지 여쭈려 연락드렸습니다."

"그분이 선생님한테도 그래요? 치매인 것 같다고? 절대 해주지 마세요! 제가 오늘 그 사람 데리고 찾아뵐게요!"

갑자기 날아온 질타와 같은 대답에 전화가 끊기고 나서도 멀뚱멀뚱 앉아만 있었다. 얼마 뒤 두 보호자가 함께 스테이션으로 들이닥쳤다.

"당신이 저 선생님한테 남편 치매라고 말했다면서요?"

"네? 선생님! 그걸 그새 이분한테 말하셨어요? 하, 사모님, 그게 아니라 요새 잠도 많아지고 가끔 눈을 떠도 저를 못 알아보시고 해서……."

내 앞에서는 '남편'이라는 단어를 자연스럽게 쓰던 둘째 부인은 정작 첫째 부인을 '사모님'이라고 부르고 있었다. 거친 대화가 계속 이어졌고 듣자 하니 이 싸움에는 숨겨진 욕망이 있는 듯했다.

"이봐요. 내가 속셈을 모르는 게 아니에요. 속이려 들지 마요."

"아들을 낳은 건 저예요! 사모님도 그 문제 때문에 떠나신 거잖아요! 근데 이제 사모님은 아가씨들한테만 다 주실 거잖아요! 암만 아니었어도! 벙어리만 안 되었어도! 우리 아들이 그 자리에 있었을 텐데!"

　나중에 찾아보니 환자가 치매를 진단받으면 금치산자로 판정이 되어 본인의 결정권을 대리인에게 모두 넘길 수 있었다. 그 결정권에는 자산에 대한 권한도 포함되어 있었다. 추측건대 둘째 부인은 자신의 아들을 법률대리인으로 지정할 방법을 찾고 있었던 것 같다. 스테이션에서 소란을 피우던 두 보호자는 간호사가 호출한 보안팀에게 끌려서 병동 밖으로 쫓겨났다.

　다음 날, 다시 찾아온 두 보호자는 환자를 요양 병원으로 옮기겠다고 했고 나는 보내 드렸다. 치매 검사에 대한 동의를 받으려 첫째 부인에게 전화한 과거의 나에게 안도의 숨을 건네던 날이었다.

3장

선생님이
제 선생님이어서
행복했어요

예쁘게
죽게 해주세요,
환자 티 안 나게

"선생님이 우리 언니였으면 좋겠어요."

지금 내 앞에 산소마스크를 쓴 채 눈을 감고 누워 있는 20대 초반의 환자가 지난주에 나에게 했던 말이다.

말기 췌장암이었다. 젊은 여성이 많이 걸리는 암은 아닌데, 어쨌든 이 환자는 그랬다. 처음 진료실에 왔을 때 환자는 말했다.

"입원하면 엄마가 옆에 상주해 계실 건데요, 예쁘게 죽게 해주세요. 환자 티 안 나게."

그 말을 한 딸을 혼내며 진료실에서 쫓아내버린 보호자는 사정을 말해주었다.

어릴 때부터 꾸미는 걸 좋아하던 아이였다고 한다. 유치원에 엄마가 입혀주는 대로 입는 아이가 있는가 하면—바로 나다—"엄마, 오늘은 이 머리띠 하고 갈 거야."라고 말하며 분홍색 머리띠를 들고 오는 아이도 있다. 딸은 후자였다. 공부를 시켜야겠다는 생각도 없어서 아이가 좋아하는 걸 하게 놔두었더니 좋아하는 것을 잘하는 것으로 만들 줄 아는 똑똑한 딸이기까지 했다. 수능이 끝나자마자 뷰티 크리에이터를 했다가, 쇼핑몰 모델도 했다가, 소품 파는 사업도 척척 해내던 딸은 본인이 하고 싶은 걸 하면서도 엄마 속 한 번 안 썩였다고 했다. 딱 하나 호기심에 시작한 담배를 끊지 못하던 것만 빼면.

그랬던 아이가 흔치 않게 췌장암에 걸린 것은 몇 년 전 같은 암으로 세상을 떠난 남편의 가족력도 있을 것이고, 끝끝내 아이의 담배를 끊게 하지 못했던 본인의 잘못도 있을 것이라고 보호자는 말했다.

"오래 사는 것도 안 바라고……. 그냥 입원하는 동안 아이 원하는 대로 하게 해주세요."

엄마와 면담하는 동안 진료실 밖 의자에 앉아 있던 딸은, 엄마가 진료실에서 나와 수납을 하기 위해 잠깐 자리를 비우자 슬쩍 진료실로 다시 들어왔다.

"엄마가 뭐래요? 또 자기도 따라 죽고 싶대요?"

"아니, 딸이 원하는 대로 다 해주라고 하시던데."

"아……. 그냥 예쁘게 죽게만 해주세요. 막 아픈 티 나는 거 말고. 옆에 있을 엄마가 덜 속상해 했으면 좋겠어요. 엄마는 저 예쁘게 있는 거 좋아하거든요."

진료실에서 보였던 씩씩한 모습만큼 몸 상태도 괜찮았으면 하는 희망을 품었는데 입원하자마자 한 검사 결과는 굉장히 좋지 않았다. 말기 췌장암에서 이 정도의 결과면 병색이 완연하게 나타나는 것이 일반적인데 이 환자는 얼굴이 뽀얀 게 하늘도 딸의 효심을, 그리고 엄마의 애타는 마음을 가엾게 여기고 있는 듯했다.

'딸이 원하는 대로 다 해 주세요.'라는 말은 착실히 지켰다. 혈액 검사를 하기 싫다고 말하는 날에는 건너뛰었고, 지하 1층 병원 푸드코트에서 밥을 먹어보고 싶다는 말에 같이 가서 먹었다. 입술이 터서 껍질을 뜯고 있는 날에는 립밤을 건네주었고, 퇴근 전 향수를 뿌리고 잠깐 얼굴 보러 갔더니 '향이 완전 자기 취향'이라길래 같은 걸 사서 가져다주기도 했다. 이토록 내가 엄마의 부탁을 어떻게든 지키려고 한 것은, 딸의 부탁이었던 '예쁘게 죽게 해달라'는 말은 들어주지 못할 것 같았기 때문이었다.

췌장암이 간에 전이가 되어서 담즙 배출을 막고 있던 터라 환자의 눈이 점점 노래지고 있었다. 혈액 검사는 최소한으로 했건만 팔다리 군데군데에 바늘을 찔러서 남겼던 흔적들은 사라지지 않고 점점 많아졌다. 혈전이 다리 혈관을 막아 한쪽 다리는 뚱뚱 부어갔다. 앙상한 반대 쪽 다리와 비교해서 보면 더 애가 타는 광경이었다. 부탁을 들어주지 않은 것에 대해 한 번쯤은 비난의 말을 들을 거라 생각했는데 환자는 항상 "어 샘, 오늘 눈썹 잘 그림", "에이 샘, 머리 안 감았죠!" 같은 장난만 쳐왔다.

겉모습만 봐도 점점 상황이 안 좋아지고 있음이 여실히 드러나는 딸의 모습을 옆에서 바라보고만 있을 수밖에 없을 엄마가 눈에 밟혀, 병실 밖으로 살짝 불러내 종종 대화를 했다. 이런저런 설명을 할 겸, 안부도 물을 겸, 아이가 원하는 건 더 없는지 물을 겸, 그리고 마음의 준비를 하시라는 말을 하기 위해 주고 받는 대화였다. 엄마와 내가 함께 있는 모습을 본 아이는 "엄마가 샘 대따 좋아하네요."라고 말했고 엄마는 "아이가 선생님은 엄청 잘 따르는 편이에요."라고 말했다.

어느 날 밤, 병실 문을 열었더니 지쳐서 깜빡 잠이 든 엄마와 그런 엄마를 물끄러미 바라보고 있는 딸이 보였다.

"왜 안 자고 있어?"

"그냥요. 아까까지 엄마가 저 자고 있는 줄 알고 또 울더라고요. 선생님이 우리 언니였으면 좋겠어요. 그럼 우리 엄마가 덜 속상할 텐데."

분에 넘치는 말을 들은 느낌이 들어 대답은 하지 못하고 환자를 토닥토닥 두드려만 주다가 잠이 든 것을 확인하고 병실에서 나왔다.

　그러고서 오늘이다. 아침에 콜이 왔다.
　"선생님, 77호 환자 멘탈 체인지(의식 상태 변화) 있고 바이탈 흔들려요. 스투퍼(강한 자극에만 반응하는 혼미 상태)입니다."
　떨어진 산소포화도에 어쩔 수 없이 산소마스크를 씌워 주었고, 의식을 잃은 터라 소변 줄을 넣을 수밖에 없었다. 환자가 부탁했던 모습에서 멀어진 지는 이미 오래였다.
　지금 환자의 엄마는 딸의 손을 붙잡고 주기도문을 외우고 있다. 방금 전 보호자에게 오늘을 넘기기 힘들 것 같다고 말씀드렸기 때문에 지금 올리는 기도는 딸의 안녕을 위해서기도 하고, 당신의 두려움을 극복하기 위함이기도 할 것이다. 눈물을 흘리며 딸을 떠나보낼 준비를 하는 보호자의 모습에, 아버지를 떠나보내던 우리 어머니의 모습이 겹쳐지는, 슬픈 날이었다.

중국어 가르쳐 드리겠다는
약속,
못 지킬 것 같아요

평소와 같이 병원에 출근하자마자 환자 예약 목록부터 살펴봤다. 위에서부터 순서대로 목록을 쭉 훑어 내려가던 중에 이름 하나가 눈길을 끌었다.

'정XX(36세, 여성)'

약 1년 전, 외래에 앉아 있는 한 보호자가 눈에 유독 들어와 알게 된 환자의 이름이었다.

하루도 빠짐없이 환자의 진료에 동행해서 1시간이 넘는 대기에도 묵묵히 기다리던 남편이었다. 워낙 많은 사람이 오가는 병원이라 일면식이 없는 사람은 눈에 띄기 쉽지 않은데, 나도 모르게 시선이 자꾸 갔었다. 당시 환자의 주치의였던 상사에게 상황을 물었더니 "환자는 유방암이셨는데 남아 있는 암 없이 재발 방지 차원에서 다니시던 거라 오늘 진료가 마지막일걸? 저기 앉아 있는 남편분은 수학 선생님이고 환자는 중국어 선생님이래. 두 분 학원에서 만나셨대. 매번 같이 오시는 거, 보기만 해도 흐뭇해지지 않냐?"라는 대답이 돌아왔다.

금슬 좋은 부부야 많이 보아 왔다지만, 환자가 치료실에서 나와 옷을 추스르고 있으면 옆에 다가가 머리를 정리해 준 뒤 모자를 씌우고 허리를 살짝 끌어안으며 병원 밖을 나서는 모습이 오랫동안 기억에 남아 있던 부부였다. 긴 시간 동안의 투병 생활이 끝나가는 덕분인지, 두 사람의 말간 얼굴과 단정한 차림새가 똑 닮아서 더 인상 깊기도 했다.

그렇게 혼자 마음속에서 아쉽지만 홀가분한 기분으로

마지막 인사를 인사를 건넸었는데, 몇 달간 보이지 않던 사람들이 오랜만에 '병원'이라는 장소에 와서 전할 소식이 반가운 이야기는 아닐 거라는 예감이 들었다. 그리고 상사가 없는 지금, 불길한 소식을 맞이할 사람은 바로 나였다.

우려한 대로 재발이었다. 유방암으로 시작해 간과 뼈로 모두 전이가 된 재발. 눈앞에는 기대 여명이 영어로 적힌 의무기록지, "이미 해봤던 항암 치료니깐 잘 버틸 수 있어요."라고 이야기하는 환자 그리고 그 옆에서 부인의 손을 꼭 잡은 채 그녀의 얼굴을 바라보는 남편이 있었다.

처음으로 가까이 대면한 부부는 기억 속 모습보다 서로를 더 의지하고 있는 듯했다. 치료 계획에 대해 간략한 설명을 마친 후 마지막으로 남은 생애에 대한 사실을 전달해야 하는 순간이 왔다. 하지만 맞잡고 있는 두 부부의 손을 보고 있자니 차마 입이 떨어지지가 않았다. 그렇게 머뭇거리고 있는데 문득 환자가 먼저 살며시 입을 열었다.

"근데, 저는 선생님 예전부터 알고 있었어요. 선생님은 저 오늘 처음 보시죠?"

무거워진 분위기를 깨는 말에 내가 당황한 표정을 숨기지 못했는지 보호자는 환자의 팔꿈치를 툭 치며 "그런 말을 뭐 하러 해……"라고 말했다. 말은 그러면서 얼굴에 번지는 웃음기는 숨기지 못했다. 환자는 가볍게 부딪힌 팔꿈치를 어루만지며 "왜 뭐 어때, 좋아서 하는 말인데."라며 남편을 슬쩍 한 번 보고는 다시 나와 눈을 마주쳤다.

　　"입원실에서 제일 바쁜 선생님이었잖아요. 저 사실 입원하는 동안에는 계속 선생님 훔쳐봤어요. 선생님 그때 계시던 할아버지랑 휴게실에서 같이 중국어 공부했잖아요. 제가 중국어 선생이라 그런지 유독 잘 들리더라고요. 바쁜 와중에 꼭 찾아와서는 혼자 계시는 할아버지 말동무해 드리는 게 보기 좋았어요. 그때 선생님이 우리 담당이었으면 좋겠다고 생각했는데 오늘 여기 앉아 계셔서 놀랐어요. 너무 반가웠는데 티를 못 내다가 이제야 이야기해요. 저 어색해 보이지는 않았죠? 혹시 요즘도 중국어 공부하세요? 제가 가르쳐 드릴 수 있어요!"

　　나의 레지던트 시절을 말하는 듯했다. 예상했던 것과는 사뭇 다른 분위기로 흘러가고 있었다. 곧 닥칠 일들을 앞두고 잠깐 한숨을 돌릴 수 있는 대화였다. 방금까지 머뭇거리던 일들은 잠시 잊고 두 사람과 그 시절에 대한 담소를 나누었다. 두 사람에게는 그때가 완치를 기다리며 첫 아이를 준비하던 시기였다고 한다.

책상 위에는 여전히 영어로 '올해를 넘기기 힘듦.'이라고 적힌 종이가 펼쳐져 있었고, 그것을 영어 강사라는 남편이 읽지 못했을 리 없었다. 이런 상황에서 씩씩한 목소리로 주고받은 작은 여유는 나에게도 한 줄기 희망을 가지게끔 만들었다. 대화의 말미에는 서로 연락처도 주고받았다. 위급 상황을 위한 용도였지만 '당신이 꼭 살았으면 좋겠다'는 무언의 응원을 건넨 것이기도 했다.

그 응원이 무색하게도 일주일에 한 번씩 항암 치료를 받을수록 검사 결과는 점점 엉망이 되어갔다. 환자는 거의 매주 고열이 올라 응급실로 실려와 격리실로 들어갔고 수혈도 종류별로 며칠씩 연속해서 받기 일쑤였다. 머리가 한 움큼씩 빠지고 야위어가는 중에도 치료를 잘 버티겠다고 했던 자신의 말을 지키려는 환자의 의지와 그 옆을 지키고 있는 남편의 모습은 한결같았다.

가끔 기운이 잠깐 날 때면 정말로 내게 중국어를 가르쳐줄 것처럼 자세를 바로잡아 앉기에, 내가 "지금 이 상황에요?"라고 정색하면 웃으면서 "아무래도 좀 그렇긴 하죠?"라고 답했다.

그렇게 첫 번째 항암 치료는 반복되는 심각한 부작용 때문에 중단되었다. 다음 선택지로 자궁 전체를 절제하고 두 번째 항암 치료를 하는 것과 자궁을 보존하되 효과는 불확실한 호르몬 치료를 하는 것, 두 가지가 있었다. 전자를 권유하던 담당 의사는 아직 두 사람 사이에 아기가 없다는 환자의 말에 우선 후자를 해보고 다시 결정하자고 했다.

그리고 한 달 뒤, 환자는 남편의 부축을 받으면서 맥을 못 추며 진료실에 등장했다. 환자를 진료실 침대에 겨우 눕히고 조용히 나온 남편은 나에게 말했다.

"또 열나서 응급실 갔다가 CT 찍었는데 자궁벽이랑 난소에 퍼졌대요. 다 들어내고 왔어요. 저 사람이 수술실 들어가기 전에 선생님 목소리 듣고 싶다고 했는데, 주말이라 연락을 선뜻 못 드렸어요. 마지막으로 해볼 수 있다는 항암 치료를 오늘 하고는 왔는데 병원에서는 저한테 마음의 준비 하래요."

환자에게 갔더니 정신이 혼미한 와중에도 나에게 반가운 기색을 비치며 "수술 전에 선생님 못 봐서 아쉬워한 거 그사이에 남편이 일렀죠? 괜히 부담스러우시게……. 다음 주에 크리스마스 연휴 있으니까 푹 쉬고 다시 예쁜 모습으로 선생님 보러 올게요."라고 말했다. 등 뒤로 인기척이 느껴졌다. 돌아봤더니 어느새 남편이 와 있었다. 눈이 마주치자 남편은 나와 같은 생각을 하고 있는 듯했다. 올해를 넘기기 힘들다는 의사의 기록, 다음 주가 크리스마스 연휴이니 쉬겠다는 환자의 말 그리고 기진맥진하여 누워 있는 아내의 모습.

몇 초가량 멍하니 있다가 집으로 돌아갈 채비를 하려는 보호자에게 내가 건넬 수 있는 건 새벽이어도 괜찮으니 응급 상황 생기면 저한테 바로 연락하시라는 말뿐이었다.

연휴 새벽에 핸드폰이 울렸다. 환자의 번호였다. 먼저 번호를 알려준 건 나였지만 일부러 새벽에는 연락을 피하는 그들의 배려에 한편 고마움을 느꼈었는데 처음으로 울린 새벽 전화였다. 전화를 받자 핸드폰 너머로 환자의 쉰 목소리, 꼬인 혀, 존댓말과 반말이 두서없이 섞인 횡설수설하는 말투, 문장마다 뚝뚝 끊기는 정적들이 들려왔다.

"나 지금 응급실이에요. 의사 샘들이 지금 나한테 무슨 말 하는지 모르겠어요. 선생님 크리스마스에 뭐 했어요? 보고 싶어서 전화했어요. 오빠는 어디 갔지……?"

정말로 크리스마스에 뭐 했는지 궁금해서 한 전화는 아니었을 것이다. 나는 아무 대답도 하지 못하고 환자의 말을 듣기만 할 수밖에 없었다.

"선생님, 근데 나 약속 못 지켰어. 중국어 가르쳐 드리겠다는 약속 못 지킬 것 같아. 예쁘게 하고 가기로 했는데……. 그리고 선생님 할아버지랑 이야기하던 모습은 진짜 예뻤어요……. 몰라, 그냥 고맙다고요. 오빠 오면 선생님한테 연락하라고 할게요. 주말 잘 보내요."

말이 끝나자마자 바로 끊긴 전화를 다시 걸어보고, 남편 번호로도 연락을 해봤지만 부재중으로 넘어갔다. 남편에게서 다시 전화가 온 건 이틀 후였다. 장례 준비를 하느라 경황이 없어서 답을 못 주고 있었는데 돌아가시기 직전 마지막으로 대화를 나눈 사람이 나였다는 것을 뒤늦게 알고 혹시 따로 남긴 말이 있는지 물으려 연락을 해봤다고 했다. 보호자의 목소리는 울음을 삼키는 듯 떨렸고 그 뒤로는 상주를 찾는 웅성거리는 소리가 들렸다. 통화 녹음 파일 보내 드리겠다는 말과 "선생님, 정말 감사했습니다."라는 답을 끝으로 마지막 대화는 종료되었다.

줄 수 있는 게
내 작품뿐이라

병동 문이 열리고 훤칠한 키에 긴 밍크 코트를 걸친 노년의 여성이 걸어 들어왔다. 잘 세팅된 웨이브 단발과 무릎 아래까지 내려오는 갈색 코트가 어우러진 모습은 누가 봐도 패션업계 종사자 같았다. 병원에서 흔하게 볼 수 있는 착장은 아니기에 오가는 사람들이 흘긋흘긋 쳐다봤다. 하지만 여성의 애티튜드가 보이는 모습과 잘 어울려서 어색하게 느껴지지는 않았다. 고갯짓으로 건네는 인사와 함께 은은한 향수 냄새가 같이 흘러 들어오기에 잠깐 비현실적인 기분이 들었지만 이내 곧 전해지는 두꺼운 서류들에 정신이 번쩍 들었다.

'항문암 4기. 수술 불가, 방사선치료 이미 시행함. 항암제 선택지 하나 남음. 타 병원에서 시행하기를 환자 요청하여 소견서 발급함.'

받아 든 의무기록지에 적힌 내용이었다. 눈앞에 다리를 꼬고 앉아 있는 여성의 모습만 봐서는 생각지 못한 암이었다. 항문암이 드문 탓도 있지만, 항문암과 관련된 치료를 거듭 받다 보면 항문이라는 부위 특성상 2차적으로 나타나는 증상이 기본적인 생리 현상과 관련되어 있어 일상을 견디기도 힘들어하는 경우가 많았기 때문이다.

"가능하다면 마지막 항암 치료를 여기서 받고 싶은데 회사가 양평이에요. 안 된다면 치료를 안 받더라도 여기서 시간만 조금 벌어주실 수 있나요? 어차피 죽기 전에 장루를 언젠가는 달아야 할 거라고 말은 듣고 왔어요. 제가 아직 회사 정리를 못 했는데, 장루 달고는 출근을 못 해요."

추측대로 패션업계 종사자가 맞았다. 다만 나중에 말을

더 들어 보니 입고 온 밍크코트는 에코퍼로, 본인이 직접 디자인한 회사의 제품이었다. 20대 신혼 때부터 부부가 맨땅에서 지금까지 직접 키워온 회사였다. 밍크나 악어가 죽처럼 실제 동물을 이용해서 옷을 만드는 것이 고급화 전략이던 옛 시절부터 친환경 소재를 주 전략으로 세워서 의류를 제작해왔고, 이제야 빛을 발하고 있었다.

환자는 50대에 큰 교통사고가 나서 남편과 아들을 모두 잃은 후부터는 혼자서 회사 경영을 해왔다고 한다. 1년여 전에 항문암을 진단받고 회사를 이어나갈 사람을 지금까지 찾아왔지만 쉽지 않았다. 그러다 최근 들어서 믿을 만한 사람을 마침내 만났고 그와 본격적인 이야기가 오가던 시기에 '시도할 수 있는 항암제가 하나 남았다'는 것과 '기대 여명은 6개월 정도'라는 말을 들은 것이었다.

"우리 가족 회사를 위한 제 생애 마지막 계약서에 도장을 찍는 곳에서 장루를 달고 사람들 앞에 서고 싶지 않아요."

회사에 대한 애정과 인생에 대한 자부심이 전해지는 말이었다.

입원한 지 며칠이 지났다. 처음 만날 때는 완벽해 보였던 모습을 환자로서 가까이 지켜보자 이미 삶의 질이 많이 망가져 있는 것이 보였다. 방사선치료의 후유증으로 소변과 대변의 실금이 계속 있어서 기저귀를 차고 있는 중에 변의는 계속 느껴져서 밤낮을 가리지 않고 화장실을 들락거렸다. 하지만 암이 항문의 대부분을 이미 막고 있어 실제로 확인되는 건 찌꺼기에 가까운 형태였다.

허벅지도 어느 순간부터 부어오기 시작해, 제일 많이 부어 있는 시간대에 찾아가서 다리를 꾹꾹 누르면 물 먹은 스펀지마냥 움푹 패었다가 서서히 차오르는 증상이 반복되었다. 수많은 불편함으로 밤을 새다시피 한 다음 날에 퀭한 얼굴로 있다가, 업무 전화만 울리면 눈빛이 매서워지는 모습이 존경스럽기도 했고 안쓰럽기도 했다.

강인해 보였던 그녀가 처음으로 맥없이 앉아 있는 모습을 본 건 그로부터 시간이 좀 더 흘러서다. 항암 치료와 관련해서 의대 교수님과 면담을 하고 온 날이었다. 힘 빠진 모습으로 축 늘어져 있기에 어떤 말을 주고받았는지 물었다.

"더 이상의 항암 치료는 큰 의미가 없을 거라시네요. 차라리 지금 장루를 달아서 빨리 적응하는 편이 오히려 더 편할 수도 있을 거라고 말씀하셨어요."

병원을 옮겨서 항암 치료를 받는 것이 안전성과 정확성을 생각했을 때 현실적으로 쉽게 허락되지 않는다는 점을 미리 설명했음에도, 가장 듣고 싶지 않았던 말을 생각보다 일찍 혼자서 듣고 온 환자의 좌절감이 고스란히 느껴졌다. 그 감정을 지켜보고만 있자니 이유는 모르겠지만 "우리 가족이 키운 회사의 마지막 계약에 장루를 달고 가고 싶지 않다."는 환자의 말을 내가 생각보다 절실하게 기억하고 있었다는 걸 깨달았다. "어쩔 수 없죠 뭐."라고 넘기려는 환자의 말을 가만히 듣고만 있을 수가 없어 대화를 멈추고 곧장 의대 교수님을 찾아갔다.

나는 환자의 자초지종을 다시 설명했고 교수님으로부터 우려의 말과 함께 "다음 주부터 항암 치료 해보고 장루는 나중에 생각해보자."라는 대답을 끝내 얻어냈다. 이 말을 전하자 환자의 눈에 나에게도 선명하게 보일 만큼 울컥하는 감정이 비쳤다. 환자는 말을 한참 잇지 못하다가 곧 내 손을 잡으며 말했다.

"선생님, 정말…… 정말 감사해요."

디자이너라기에 섬섬옥수일 거라 생각했던 그녀의 손을 막상 잡으니, 예상보다 거칠고 두꺼웠다. 그 손이 마치 그녀의 존재감을 드러내는 거 같아, 나는 맞잡은 손바닥을 꽉 잡음으로써 다시 한번 그녀에게 응원을 보냈다.

결과적으로 항암 치료로 암의 진행을 막을 순 없었지만 장루를 다는 시기는 확실히 늦출 수 있었다. 그 덕에 환자는 처음 우리 병원에 들어왔을 때의 모습 그대로 당당하게 마지막 계약서에 도장을 찍고 왔다. 인생의 큰 숙제를 마치고 돌아온 환자는 그날 밤부터 다시 시작된 끊임없는 배 속의 요동을 이제는 더 이상 버틸 이유가 없다는 듯 나에게 요청했다.

"장루 달아주세요. 그리고 장루 잘 적응하는 대로 회사 근처 요양 병원으로 옮길게요."

경영권을 넘겼지만 죽기 전까지 당신의 눈으로 직접

확인해야 하늘에서도 당당하게 설 수 있을 것 같다고 덧붙이며 하는 말이었다. 나는 누구한테 당당한 거냐고 물었다.

"사실 원래부터 살고 싶은 생각은 없었어요. 남편이랑 아들 잃은 이후부터는……. 다만 우리 가족 대신 이 회사를 책임져야 혼자 살아남은 죄책감이 덜해져서, 그 생각 하나로 지난 10년 버텨온 거예요. 오히려 암이라고 처음 들었을 때는 해방감도 살짝 느껴졌다니까요?"

본인 개인 사정은 제쳐 두고 당신의 마지막 계획에 발 벗고 힘써준 나에게 고맙다며 챙겨줄 수 있는 게 없어서 미안하다고 말했다.

"고맙고 미안했어요. 내가 줄 수 있는 건 내 작품들뿐인데, 그걸로 마음이 전달된다면 한 벌 줘도 될까요?"

한사코 거절을 한 뒤 곧 다가올 영원한 이별에 아쉬워하며 그날 밤은 늦게까지 두런두런 이야기를 나눴던 것 같다.

이 대화가 다시 기억 속에서 떠올랐던 건, 장루 수술을 마치고 환자를 요양 병원으로 보낸 뒤 몇 주가 흐른 어느 날이었다. 평소처럼 스테이션에서 연락이 오기에 받았더니 의외의 소식이 들렸다.

"선생님, OOO 님께서 선생님 앞으로 택배 보내신 게 병동에 도착했어요."

곧바로 올라가서 택배를 열었더니 환자의 회사에서 제작한 에코퍼 코트가 담겨 있었다. 놀란 마음에 환자에게 전화를 걸었지만 받지 않았다. 전원 보냈던 요양 병원으로 연락을 해서 담당 의사였던 것을 증빙하는 서류들을 확인받고 상황을 물었다. 곧 병원으로부터 '며칠 전에 돌아가셨다'는 대답을 돌려받았다.

지금도 이 코트는 처음에 왔던 상태 그대로 비닐에 싸여 있다. 처음에는 먹먹한 마음과 받기에 죄스럽게 다가와 돌려줄 수 있는 방법을 찾았지만 그럴 방법도, 돌려받을 사람도 없었다. 지금은 보일 때마다 마음을 다잡을 수 있도록 잘 보이는 곳에 걸어놨다.

죄책감 하나로 혼자서 아등바등 세상을 버틴 그녀가

이제는 하늘에서 가족과 평안한 매일을 보내고 있기를 기
도한다.

한여름의
붕어빵

　무더위가 심했던 어느 여름날, 백발의 노인이 병동 문을 열고 들어왔다. 180cm는 훌쩍 넘어 보이는 건장한 체구에 그을린 피부를 가진 노인이었다. 그 옆에는 노인과 비슷한 존재감에 매서운 눈빛까지 더해진, 아들임이 분명한 보호자가 서 있었다. 에어컨 밑에 있는 나조차도 땀이 삐질삐질 나는 날씨인데도 정장을 입고서 이마에 땀 한 방울 맺히지 않은 보호자의 모습은 설명할 수 없는 위압감을 주었다.

아들은 병동을 한 바퀴 쭉 훑어본 뒤 나와 눈을 마주한 채 다가와서 "선생님이 저희 아버지 담당이신가요?"라고 말하며 명함을 하나 내밀었다.

'OO법률사무소, 검사 출신 변호사 XXX.'

명함을 읽음과 동시에 보호자의 가방 속에서 각종 서류가 줄줄이 나왔다.

"이건 의무기록지이고, 이건 제가 지난 기간 아버지가 받으신 치료, 혈액검사 결과, 암 수치 결과, 영상 검사 결과를 종류별로 따로 정리해놓은 노트입니다. 이건 이때까지 다니셨던 병원에서 써준 의사 소견서를 날짜별로 정리해놓은 겁니다. 영상 CD는 제일 최근 것만 보겠다 하시면 이걸 드릴 거고 지금까지 한 모든 영상을 보시려면 다른 곳에……(중략). 읽어보면 아시겠지만 저희 아버지는 마지막 선택지로 면역항암제를 쓰고 계시기 때문에 감염, 특히 폐렴에 노출되기가 쉽고 이전에도 염증이 반복되어서 항생제는 이런 종류들로 써왔고……."

의료진 입장에서 이렇게 정리해서 알려주는 보호자는 감사한 분이었다. 하지만 한편으로는 명함을 건네받을 때

마주한 매서운 눈빛을 떠올리며 계속 이어지는 말들을 듣고 있으려니 정신을 바짝 차리지 않을 수가 없었다.

"솔직히 말씀드리면 한방병원이라서 선뜻 모시고 오기가 쉽지 않았습니다. 하지만 이제 와서 집으로 모시기도 힘들고 병원에서 하신 연구들, 실적들을 찾아보고 나름대로 지인들한테까지 물어보면서 신중하게 판단해서 온 겁니다. 보통 병원에서는 전화로 상태 설명을 해주시던데 제가 근무 중에는 전화를 받을 수가 없어서 오전 9시 이전이나 오후 7시 이후에 연락 주시면 바로 받겠습니다. 오늘은 자료들 다 보시느라 정신 없으실 테니 내일 저녁에 연락 기다리겠습니다."

보호자는 뭐라 대답할 틈도 주지 않고 돌아섰다. 당시에는 쏟아지는 정보와 말을 주워 담기에도 급급했다. 하지만 돌이켜 생각해보면 짧은 시간 만에, 한방병원에 암 환자를 입원시키는 보호자로서 가질 수 있는 모든 우려를 솔직하게 다 표현해준 덕에 주치의로서 책임감이 더 생겼던 순간이기도 했다.

내일을 기약하며 병동을 홀연히 떠난 아들이 익숙한

듯, 환자는 혼자서 병실을 찾아 들어가 스스로 짐 정리를 마치고 눈을 감은 채 쉬고 있었다. 건장해 보였던 체격은 막상 가까이서 보니 확연히 도드라지는 파리한 안색에 묻혀버렸다.

금방까지 듣고 온 보호자의 설명에 따르면 4년 전 폐암을 진단받자마자 수술을 했지만 재발되었고, 방사선치료를 했지만 전이되었고, 2년 가까이 종류만 바꿔가며 끊임없이 항암 치료를 받아오다가 결국 마지막 선택지로 보험도 되지 않는 면역항암제를 사용하는 상황이었다. 70대 폐암 환자의 파리한 안색이 그동안의 지친 심신을 대변해주는 듯했다.

환자에게 몇 가지 간단한 질문을 하는 동안에도 계속 눈을 감고 있기에 일단 푹 쉬시라며 대화를 일찍 마무리 짓고 병실을 나오려 했다. 그러자 그제야 눈을 뜬 노인은 지그시 나를 쳐다보면서 말을 덧붙였다.

"김 박사, 나는 먹는 거 포기 못 해."

지난 4년간 누적되어 온 피로가 만든 의지였을 것이다. 물론 '잘 먹어야 견딘다'는 어르신들 간의 신념이 일상 대부분에서는 맞다. 하지만 암 치료를 받다 보면 '아무것도 먹지 않는 것'이 치료 방법인 상황이 생긴다. 말은 쉬울지 몰라도 몇 날 며칠을 물 한 모금도 입에 대지 못하고 기약 없이 쫄쫄 굶어야 된다. 반복되는 검사로 금식에는 이골이 난 암 환자들이기에 '살기 위해 강요되는 금식'을 고통스러워하는 사람들이 적지 않다. 아마도 노인의 한 마디 또한 지나온 경험들에 대한 두려움의 표현이었는지도 모르겠다. 더욱이 그다음 날 저녁에 보호자와 연락을 하며 물었더니 '아버지가 인생에서 먹는 낙이 매우 큰 분이시다'라고 말해주었다.

'살기 위해 먹으려는 자'와 '살리기 위해 안 먹이려는 자'의 갈등은 입원한 지 며칠 지나지 않아 바로 시작되었다. 항암 치료 부작용으로 인해 발생한 폐렴에 더해서, 음식물들이 공기가 드나드는 길로 잘못 넘어가면서 생기는 염증이 반복되었기 때문에 밥을 먹을 때마다 폐렴이 심해지고 있었다. 이런 때가 바로 '아무것도 먹지 않는 것이 치료법인 상황'이었다. 목 삼킴 검사를 통해 반드시 금식하라는 의과 기록도 받았고 병원에서 환자에게 제공되는 식사도 끊어버렸다.

하지만 환자 옆의 쓰레기통에는 다 먹은 새로운 빵 봉지가 매일 버려져 있었다. 이렇게 먹다가는 항암 치료고 뭐고 염증 때문에 돌아가실 수도 있다는 내 말에도 먹어서 면역력을 높이면 어떤 병사든 못 이길 게 없다고 대답하는 환자였다.

그 아집을 보고 있으면 지금까지 아버지가 무사히 치료를 받을 수 있게 끌고 온 아들이 대단하게 생각되곤 했다. 모든 치료 과정을 의료진만큼 잘 알아야만 순간순간 부딪치는 아버지를 논리적으로 설득할 수 있었을 것이다.

그렇게 나는 앞에서는 환자에게 쓴소리를 하고 뒤에서는 나빠진 상태를 수습하는 걸 반복했다. 이런 날이 많아질수록 명함을 건네며 매섭게 말하던 아들 또한 그저 아버지가 너무 걱정스러웠던 한 명의 보호자일 뿐이라는 생각이 커져갔다. 나중에 보호자가 해준 말이지만, 첫 만남 때는 일하다가 급히 나온 거라 무엇보다도 시간이 너무 촉박해 어쩔 수 없었다고 한다. 물론 변호사 명함부터 건넨 건 무언의 압박으로 조금은 의도한 측면도 있었다고 말했다.

　환자가 주변 사람들의 말을 듣지 않는 날은 점점 많아
졌지만, 오히려 보호자와 나 사이에 있던 처음의 긴장은
서서히 사라져갔다. 아들의 말조차 듣지 않으려는 아버지
가 우려되는 중에 매일 자신에게 전화를 걸어서 같이 걱
정하고 방법을 찾아 나가자는 나의 말이 아들의 마음을
움직인 건지, 생각보다 더 정성으로 그리고 정확하게 아
버지를 챙기는 의사의 모습에 신뢰가 쌓여온 건지, 아니
면 시간이 흐르면서 자연스레 경계가 허물어진 건지, 이
유는 모르겠지만 어느 순간부터 우리는 같은 편에 서서
아버지를 말리고 있었다.

　하지만 둘이 힘을 합쳤음에도 불구하고 노인의 신념을
꺾는 것은 불가능했다. 그렇게 자유를 만끽하던 환자는
어느 날 새벽, 의식을 잃고서 중환자실로 옮겨졌다. 폐렴
이 악화되면서 생긴 패혈증 때문이었다. 중환자실로 옮겨
진 첫날에는 연명치료중단동의서 이야기가 나올 정도로
심각한 상황이었다고 했다. 하지만 다행스럽게도 2주간

의 집중 치료 끝에 환자는 중환자실에서 벗어나 우리 병동으로 다시 옮겨졌다.

다시 찾아온 자유에 쓰레기통을 또 다시 수많은 빈 봉지로 채울까 했던 걱정은 기우였다. 70년 동안 쌓여온 노인의 고집은 2주 만에 완전히 사라져 있었다. 아무것도 먹으면 안 된다 할 때는 그렇게 몰래 빵을 먹던 사람이, "이제 물 한 모금 정도는 드셔도 돼요."라는 말에도 입을 꾹 닫고 고개를 절레절레 흔드는 사람으로 바뀌어 온 것이다. 보호자와 나의 지난 노력들을 생각하면 다행이고 고마운 변화였지만 한편으로는 당신에게 2주간의 기억이 70년의 세월을 이기는 또 다른 두려움으로 남아버린 것 같아 마냥 기쁘게 받아들여지지는 않았다.

한 달 만에 다시 한 목삼킴 검사에서 '경화제(경도를 높이기 위하여 첨가하는 물질)를 사용해 요거트와 비슷한 점도로 맞춘 음식은 먹어도 된다'는 소견이 나왔다. 반가운 소식을 곧바로 전하자 환자는 행복한 내색을 비치며 말했다.

"그럼 우유에 경화제 얼마나 타야 되는지, 김 박사가 나 좀 봐줄 수 있어?"

빵을 좋아하는 분답게 처음으로 선택한 음료는 우유였다. 요거트 점도에 맞추기 위해 우유에 타야 하는 경화제의 양을 묻는 노인의 모습은 여전히 참 적응이 되지 않았고 오히려 짠해 보이기까지 했다. 같이 경화제를 조금씩 우유에 타보면서 젓가락으로 저으며 점도를 확인했다.

"이제 식사하실 수 있는 거예요. 그간 드시고 싶으셨던 거 없으세요?"

"……없어. 먹다가 또 3층 내려가면 어떡해."

3층은 중환자실이 있는 층이었다.

"아휴……. 말씀해 보세요. 이제 어르신이 알아서 잘 조심하시잖아요. 먹는 게 낙이셨다면서요."

"……붕어빵."

"경화제는 종이컵 반 정도 담아서 같이 타 드시면 될 것 같아요"라고 말하고 병실에서 나와 가운을 벗고 옷을 갈아입었다. 붕어빵을 파는 곳을 찾기 위해 병원 근처를 분

주히 돌아다녔지만 요새는 겨울철에도 잘 안 보이는 붕어빵 노점상이 푹푹 찌는 한여름에 있을 리 만무했다. 아쉬운 마음에 대형 마트에서 파는 냉동 붕어빵을 사서 가져다드렸다.

"딱 1개만 드셔야 해요!"

붕어빵이 요거트 제형은 아니니 사실 먹으면 안 되는 음식이었다. 아무리 어느 정도 같은 편이 되었다지만 아들 귀에 들어가면 한 소리 들을 게 분명해 "아드님한테는 붕어빵 드린 거 비밀로 하셔야 돼요!"라고 말하고 뒷말도 듣지 않은 채 얼른 자리를 떠났다. 하지만 며칠 뒤 아들은 그 날씨에 어디서 구해 왔는지 따끈따끈한 노점 붕어빵을 스테이션의 모든 사람에게 돌렸다. 괜한 우려였다.

얼마 지나지 않아 어르신은 댁으로 퇴원하셨고 이후에도 항암치료를 계속 잘 받다가 주무시는 중에 돌아가셨다고 한다. 연세를 고려하면 암 때문일지 노환 때문일지 구분이 되지 않기도 한다. 무엇보다 아들이 아버지를 고통 없이 보내드릴 수 있어 다행이라고 생각한다는 사실이,

그가 아버지 옆자리를 지키며 겪어온 심신의 노고를 아는 사람으로서 가장 감사한 일이었다. 늦게라도 병원에 재차 찾아와 아버지의 마지막은 편안했음을 나에게 말해준 것도 고마웠다.

당시에는 표현하지 못한 감사함을 이 글을 통해서라도 남긴다.

4장

가족을
놓아준다는
것

어머니,
불효한 자식을
살리셨습니다

진료실에서 다음으로 들어올 환자를 기다리는데 노부부가 불쑥 얼굴을 비추며 말했다.

"곧 저희 아들이 올 건데, 조금 완강한 모습을 보여도 이해 부탁드립니다."

완강하다는 말을 이해하는 데는 오래 걸리지 않았다. 스테이션에서 들리는 큰소리 때문이었다.

"어머니! 저는 한방 같은 거 안 믿는다고요! 또! 또! 저를 속여서 데리고 오신 거예요?"

노부부는 거부감을 강하게 내비치는 아들을 진정시키며 뭐라 설득하고 있는 듯했지만, 어르신들의 작은 목소리까지는 나에게 들리지 않았다. 하지만 대화의 결론이 부모가 원하는 대로 되지는 않은 게 분명한 것이, 몇분 뒤 스테이션을 박차고 쿵쿵 나가는 아들의 걸음 소리는 확실히 들렸다. 결국 진료실에 둘이서만 들어온 부모의 말로는 항암 치료도 안 하겠다는 아들을 속여서 대체요법을 하는 몇몇 병원으로 데리고 갔던 것이 아들에게 상처로 남은 것 같다고 했다. 끝까지 아들을 감싸며 당신들의 탓이었노라 말하는 부모의 모습이었다.

부모는 우리 병원에서 하던 연구의 홍보 글을 우연히 보고 방문했다고 했다. 생애 첫 항암 치료가 예정되어 있는 4기 췌장암 환자에게 항암 치료 일정에 맞춰 같이 복용하는 한약을 제공하는 연구였다. 노부부는 아들이 4기 췌장암을 진단받은 지는 몇 주 되지 않았다고 말했다. 췌장암은 암 중에서도 예후가 가장 좋지 않아서, 치료받지 않는 4기 췌장암 환자의 평균수명은 6개월 이내로 알려져 있다. 그나마 의학의 발전으로 항암 치료를 받게 되면 그 기간은 13개월 정도로 늘어난다.

하지만 30대 창창한 나이의 아들을 설득하기에 13개월 이라는 시간은 여전히 너무 짧았다. 부모는 항암 치료를 하지 않아도 연구에서 사용하는 한약을 받아 갈 수 있는 지 물었다. 나는 드릴 수는 있지만 항암 치료 없이 한약만 드시는 건 솔직히 기대하시는 효과가 거의 없을 수도 있다고 말했다.

모친은 지푸라기라도 잡고 싶은 심정이라며 끝내 6개 월치 약을 받아 갔다. 나는 모친의 요청에 맞춰 약 처방을 하면서, 곧 노부부에게 수납 설명을 할 간호사 선생님이 볼 수 있도록 기록을 한 줄 더 남겼다.

'약 다 못 드시고 남으면 환불 가능하다고 꼭 설명 부탁 드립니다.'

지금부터는 최근의 이야기다.

며칠 전이었다. 진료실 밖에서 남자와 간호사 선생님이 나누는 대화가 어딘가 익숙하게 들렸다.

"예전에 연구 글 보고 부모님이랑 왔다가 조금…… 소란 피우고 나갔던 환자인데요. 혹시 그때 어머니랑 말씀 나누신 선생님 아직 계시나요?"

거의 일 년 만이었다. 다시는 오지 않을 것처럼 소리를 지르고 나간 아들은 일 년 만에 완전히 달라진 말투로 나를 찾고 있었다. 스테이션으로 나가서 얼굴을 보이자 환자는 나를 알아보며 말했다.

"저번에 어머니께 주셨던 그 연구 약, 지금도 더 받을 수 있나요? 며칠 전부터 항암 치료를 시작했는데……"

일 년 사이에 많은 심경의 변화가 있었다고 한다. 그럴 수밖에 없던 것이 모친이 돌아가셨다. 방구석에 틀어박혀서 죽을 날만 기다리던 아들은, 어느 날 모친이 쓰러지는 모습을 보고서 정신을 번쩍 차렸다. 갑자기 쓰러지신 건 오래전부터 있던 지병의 악화가 원인이었고, 이미 몸과 마음이 노쇠해져 있던 어머니는 결국 병마를 이기지 못하고 며칠 지나지 않아 돌아가셨다고 한다. 유품을 정리하던 중에 부친이 본인 앞에 한약 봉투 하나를 툭 던지며 말했다.

"자, 너희 엄마가 너 살려보겠다고 받았던 약이다."

그제야 아들의 머릿속에는 "내 마음도 모르고 치료에만 집착한다"며 흘려들었던 모친의 말들이 하나씩 떠올랐다. 너무 늦게 정신이 든 자신이 한심해서 차라리 따라 죽고 싶은 심경이었다고 한다. 어머니의 마음을 몰라준 것도 너무나 죄스러웠다. 아니, 어머니의 한 마디 한 마디가 오롯이 아들만을 위한 것이었음을, 그때에도 사실은 알고 있었음에도 귀를 닫고 눈을 가리며 그녀를 밀쳤던 것이 너무 죄스럽다고 말했다.

"자식이 할 수 있는 최악의 불효가 부모보다 먼저 죽는 거라고 하잖아요. 근데 아니더라고요. 어머니는 그 불효한 자식을 끝까지 살리려 하셨어요. 그런 어머니를 어떻게 보면 제가 죽음으로 내몬 것 같아요……. 제가 최악의 아들이에요. 진짜 따라 죽을까 생각했는데 아버지도 계시고……. 이제는 어떻게든 이 췌장암에서 살아남는 것만이 어머니께 용서받을 수 있는 유일한 길일 것 같아요."

비집고 나오는 눈물을 끊임없이 훔치며 아들이 말했다.

약을 처방받으러 왔다지만, 사실 아들은 돌아가신 엄마

의 발자취를 쫓고 있었던 건지도 모르겠다. 환자는 6개월 뒤 예약을 잡고 떠났다. 그때는 죄책감에서 조금은 벗어난 얼굴을 볼 수 있길 기도한다.

지금도 하늘에서 아들을 바라보고 계실 당신께,
그를 대신하여 감히 말씀을 올립니다.
아들이 어머니 앞에서 어떤 모습이었든 그저 사랑으로 감싸준 것이, 그것은 당신이 어머니였기에 당연하게 안아준 것뿐이었음을.
하루 빨리 그가 깨닫고 다시 세상을 향해 발을 내딛기를.
여전히 매일 하고 있을 당신의 기도에, 저의 기도를 조심히 더해봅니다.

막내딸
생일 파티

30대로 보이는 남자가 휠체어를 타고 들어왔다. 남자 뒤로는 비슷한 나이로 보이는 여자가 휠체어를 끌고 있었고 그 옆에는 그녀의 옷자락을 붙잡은 세 명의 어린 소녀들이 있었다.

병원 냄새가 나서 무섭다고 훌쩍거리는 막내, 병원 지하에서 뽑아 온 헬륨 풍선 2개를 손에 꼭 쥐고서 "여기는 왜 온 거야?"라고 엄마에게 묻는 둘째 그리고 "엄마, 내가 아빠 휠체어 밀까?"라고 이야기하는 첫째까지 한눈에 들어왔다. 보이고 들리는 것만 봐도 무슨 상황인지 알 수 있었다. 심장이 쿵 내려앉았고 '억장이 무너지는 기분이 이런 건가?'라는 생각이 들었다.

세 자매에게 비어 있는 병실을 하나 내주고는 "여기서 엄마 아빠 기다리고 있어요."라는 말을 하고서 문을 닫았다. 이후 30분간 환자와 보호자에게 무슨 말을 했었는지도 기억이 나지 않는다. 최선을 다해 보겠다, 포기하지 마시라 등의 이야기를 한 것 같지만 나조차도 절망스러운 기분이 드는 마음을 수습하기 바빠 그 순간의 기억이 통째로 사라져 버렸다.

4기 같은 말기 직장암이었다. 보통 4기와 말기가 혼용되어서 쓰이는 경우가 많은데 두 단어는 아직 시도해볼 수 있는 치료가 '있다'와 '없다'로 나뉜다는 점에서 큰 차이가 있다. '말기'가 보통 1년 이하의 여명이 남았다는 뜻을 숨기고 있다는 점도 큰 차이이다.

이 환자는 원래 항암 치료를 하던 병원에서 마지막으로 사용할 수 있었던 항암제에 내성이 생긴 것 같은데 그래도 좀 더 유지해 보자고 해서 이 기회에 한방 치료도 같이 해보겠다고 온 것이었다. 내 생각이지만 그 병원에서도 이 환자에게 쉽사리 이제 치료가 큰 의미 없다는 이야기를 못 꺼낸 듯하다. 보통 항암 치료 도중에 병원을 옮겨서 치료를 이어나가는 것은 현실적으로 힘든 일인데, 상황을 이해한 의대 교수님도 우리 병원에서 치료를 계속해 나가보자고 이야기를 해주셨다.

똑바로 설 힘이 없어서 앉아 있을 뿐, 대화를 나눌 땐 건강한 사람과 똑같았다. 환자와 보호자 모두 대기업에서 서비스직으로 같이 일하다가 동료에서 연인으로 발전했다더니, 다른 사람의 말을 정말 잘 들어주는 부부여서 오히려 보통 사람보다 더 편하게 느껴질 때도 많았다.

마침 나와 두 사람의 고향이 같아 이야기가 더 잘 통한 건지, 아니면 매일 옆에 있으면서 남편의 몸을 닦아주고는 나와 눈이 마주치면 싱긋 웃는 아내의 모습이 계속 보고 싶었던 건지, 그것도 아니면 처음에는 가운을 보면 도망가던 공주님들이 언젠가부터 엄마 몰래 숨겨 온 과자를 하나씩 내 가운 주머니에 살짝 넣어주는 기분이 간지러워서였는지 이유는 모르지만 그 병실에 자꾸 발걸음이 갔다.

검사 결과가 좋지 않아 한 달에 한 번 맞는 항암제가 며칠씩 지연되고, 들어가는 주사가 하나둘씩 늘고, 진통제 양이 점점 많아지고 있는 중에도 부부는 거듭 병실을 찾아오는 나를 항상 웃으며 반겨주었다. 병실 문을 열고 들어가기 전 밖에서 가만히 귀만 기울이고 있으면 낮에는 세 딸의 웃음소리 그리고 가끔은 투닥거리는 소리가 시끌벅적하게 들려왔고, 밤에는 딸들을 재우고서 부부가 손을 맞잡고 기도하는 소리가 흘러나왔다.

그렇게 세 달이 흘렀다. 병원 냄새가 난다며 훌쩍거리던 막내 공주님은 언젠가부터 나를 졸졸 따라다녔다. 내가 스테이션에 앉아 있을 때도 슬그머니 와서는 멀리 있는 의자를 옆에다 끌어다 당겨놓고, "앉혀주세요."라고 말하며 두 팔을 벌려 안겨오곤 했다.

첫째 공주님은 처음 왔을 때부터 그랬듯, 엄마가 아빠 몸을 닦고 있을 때는 물을 떠 날랐고 엄마가 쉬고 있을 때는 엄마의 다리를 통통 두드려 주었다. 어쩔 땐 너무 일찍 철이 든 듯해 안쓰럽다가도 가끔씩 자기 어깨에 머리를 기대어 쉬는 엄마의 등을 쓰다듬는 모습은 무척이나 기특하게 보였다.

헬륨 풍선을 쥐고서 병원을 두리번거렸던 둘째 공주님은 이제 아빠가 많이 아프다는 사실을 눈치 챈 듯했다. 아마도 그 세 달 사이에 앉아 있던 아빠가 어느 순간부터 누워만 있으면서 본인과 잠깐 놀아줄 때 빼고는 잠자는 시간이 부쩍 늘었기 때문이었을 것이다.

아무도 입 밖으로 꺼내지는 않았지만 모두가 우려하던 순간이 점점 다가오고 있었다. 원래는 이런 때가 오면 보호자만 따로 불러서 마음의 준비를 하셔야 할 것 같다고 이야기를 건넨다. 그후에는 눈앞에서 통곡의 현장이 펼쳐지고 그와 동시에 내가 아무것도 해줄 수 없다는 자괴감이 몰려오게 된다. 하지만 그 순간을 반드시 거쳐 가야만 환자와의 존엄한 이별을 준비할 수 있음을 알고 있었다. 그럼에도 나조차도, 아버지이자 남편인 이 환자의 보이지 않는 어떤 끈을 놓지 못한 채 다가오는 어두운 그림자가 조금만이라도 더 천천히 오기를 바라고 있었다.

그날 밤도 자고 있는 환자를 깨워서 상태를 묻고 나가는 길에 막내가 따라 나오려고 했다. "선생님 힘드셔. 그만 괴롭혀."라고 보호자가 딸을 말렸지만 괜찮다며 막내의 손을 잡고 나와서 스테이션에 같이 앉아 있었다. 몇 분 뒤에 첫째가 나오더니 막내에게 "너 잠깐 엄마한테 가 있어."라고 내쫓고 자리를 바꿔 앉았다. 항상 엄마 옆에서 의젓한 모습을 보였던 첫째이기에 나보다 한참 어린아이인데도 괜히 긴장이 되었다. 하지만 정말 괜한 긴장이라는 양 첫째는 부끄러워하는 건지 미안해하는 건지 어깨를 살짝 움츠리며 나에게 속삭였다.

"선생님, 주말에 막내 동생 생일 파티하는데……. 와주실 수 있어요? 그때 병원에 안 계시죠……?"

맥이 탁 풀리며 나도 모르게 웃음이 나왔다. 당직이 아니라서 오히려 편한 마음으로 참석할 수 있을 것 같다고, 초대해줘서 고맙다고 이야기하니 "이번이 아빠랑 같이하는 마지막 생일 파티일 것 같아서요. 막내가 선생님 좋아하니깐……."이라는 말을 끝으로 인사를 꾸벅 한 뒤 병실로 돌아갔다.

고작 초등학생밖에 안 된 아이의 부탁이었고, 아직 초등학생도 되지 않은 아이의 생일 파티였다.

생일 파티는 생각보다 성대했다. 환자의 모친도 지방에서 올라왔는데 날 보고는 익히 이야기 들었다며 고향 음식이 그리울 것 같아 반찬을 좀 챙겨 오셨기에 다 같이 병실에서 밥도 먹었다. 막내는 당시 유행하던 영화 캐릭터의 드레스를 입고 노래를 불렀다. 그 재롱에 첫째도, 둘째도, 엄마도 오랜만에 활짝 웃었지만 무엇보다도 딸의 기운을 오롯이 받은 듯한 환자는 '오늘은 오래 앉아 있어도 안 아프다', '오랜만에 제대로 앉아서 다 같이 식사하니 참 좋다'고 몇 번이나 북받쳐 했다. 그날 오후에는 며칠이나 지연되고 있던 항암 치료도 다시 받았다.

그렇게 환자는 막내딸 생일 파티를 보내고 마지막 항암 치료를 받고는 세상을 떠났다. 아내는 생각보다 덤덤하게 환자를 잘 보내주었다. 아마도 본인 등 뒤에 서 있는 세 딸을 생각하며 어머니의 마음으로 견뎌냈으리라 생각한다.

장례식장으로 보내기 전 마지막으로 인사를 나눌 때 막내가 나를 꼭 끌어안으며 "선생님 저 갈게요. 또 봐요." 라고 말했다. 하지만 이후로 얼굴을 보지는 못했다. 번호는 물론이며 집이 어디인지도 알고 나의 본가와 매우 가까운 것도 알지만, 그 모녀를 떠올리면 25년 전 부군을 일찍 떠나보내고 홀몸으로 두 남매를 키워온 우리 어머니가 생각나 기도만 할 뿐 연락을 하지는 못했다.

다만 생일 파티 날 밤 모두가 자고 있는 시간에 병실 밖에 혼자 있던 보호자의 표정은 평생 잊지 못할 것 같다. 병실 밖 계단 입구에 덩그러니 앉아 엉엉 울다가 우는 소리를 듣고 옆으로 다가온 나를 보고서 "선생님, 진심으로 오늘 정말 감사했어요."라고 이야기해주던, 그 모습을.

아들과의
마지막
축구 경기

　지켜본 바로는 암 환자의 생은 희망과 두려움의 끝없는 싸움이다. 팽팽하던 싸움에 꼭 한 번씩 두려움이 승기를 잡을 때가 있는데 그중 하나가 '당연했던 일상이 더 이상 당연하지 않을 때'인 것 같다.

　점심시간이 막 끝나갈 즈음이면 한 병실에서 숫자를 세는 우렁찬 목소리가 들려온다.
　"하나! 둘! 셋!"

소리를 따라가면 스쿼트를 하는 남자가 보인다.

"넷! 다섯! 여섯!"

처음에는 환자를 유별나게 생각하던 병실 사람들도 지금은 같이 개수를 세어가며 앉았다 일어나고 있었다.

환자의 말을 빌리자면 그는 왕년에 잘나가는 체육관 관장이었다고 한다. 처음 이 말을 듣고 "아, 헬스장 트레이너셨어요?"라고 물었더니 본인이 대표를 맡고 있는 체육관은 국가 대표 선수도 양성하던 전문 트레이닝 짐(gym)이었기 때문에 '관장님'이라고 불러주면 좋겠다고 말했다. 본인의 업에 대한 자긍심이 대단한 관장님이었다. 그럴 만도 한 게 암을 진단받은 지 5년 차를 향해 가는데 팔다리에는 여전히 근육이 모양대로 꽉 잡혀 있었다.

"내가 아직도 우리 아들이랑 축구 경기 뛰는 현역이야. 허벅지 튼튼한 거 보이지?"

운동하는 모습을 벽에 기대어 구경하고 있으면 하던 동작을 멈추고 바지를 살짝 걷고서 허벅지를 탁! 치며 종종 하는 말이었다.

말기 암 환자가 많은 병동이라지만 드물지 않게 완치를 앞둔 사람도 오곤 한다. 매일같이 기대 여명을 읽어나가는 일상에서 완치 D-day를 세고 있는 환자들이 찾아오면 짓눌린 어깨가 잠시 가벼워지는 기분이 든다. 관장님은 간암을 진단받고 1년간의 치료 후 3년 동안 재발 없이 잘 유지되어 완치 판정을 2년 남겨두고 있었다. 물론 암 치료를 견디던 때는 지금 회상하기에도 깜깜한지 입에 올리는 것을 꺼렸다.

가끔 꺼내는 말을 들어보면 술 담배를 한 것도 아닌데, 날 때부터 간염 바이러스를 가지고 있었다는 걸 뒤늦게 알고 받은 검사에서 암이 갑자기 발견되었다고 한다. 처음 진단받을 때부터 폐에 전이가 있는 4기 간암이었는데도 치료를 마치고 지금까지 재발이 없는 건 의학적으로 기적이나 다를 바 없었다. 아마도 투병하는 내내 꾸준히 해온 운동의 덕이 컸을 것이다.

"직업이 그렇다 해도 병원에서까지 매일 운동하시는 건 대단하세요."

바지까지 걷어붙인 허벅지 자랑에 나는 찬사를 답으로

보냈다.

"아들이랑 놀아주려면 다리 힘을 키워야 해~ 맨날 축구하자고 하는 게 얼마나 귀찮은지~ 못하기라도 하면 나도 쉬엄쉬엄 할 텐데 경기 뛰다 보면 애가 자꾸 내 공을 뺏어 가니까는~ 나도 승부욕이 생기잖아~"

역시나, 열정의 기동력은 아들에 대한 사랑이었다.

아들은 축구 선수가 장래 희망인 초등학생이었다. 늦둥이로 태어난 데다가 환자가 사는 곳이 고령 인구가 많은 곳이라, 오랜만에 동네에 등장한 꼬맹이는 어르신들의 사랑을 독차지하며 컸다. 너 나 할 것 없이 모두가 예뻐해 줘서 회사에서 일하는 동안에는 동네 사람들 집에 아이를 맡기고 다녔다.

그러던 어느 날 못 본 새에 키가 쑥 자란 아들이 혼자서 축구공을 가지고 놀고 있는 모습을 퇴근길에 우연히 보고 '애가 저렇게 혼자 있는데 돈 벌어서 뭐하나' 싶은 생각이 들었다고 한다. 엄마 이야기는 따로 하지 않기에 굳이 묻지 않았다. 그때부터 환자는 아들과 적어도 한 달에 한 번은 꼭 같이 축구를 하고 있다고 말했다. 말로는 "병원에서

요양하고 있는 자기를 자꾸 찾아서 귀찮다"고 표현했지만 번져가는 입가의 미소는 숨길 수 없는 듯했다.

어느 날, 숫자 세는 소리가 들릴 법한 시간이 훌쩍 넘었는데도 병실이 조용한 것이 이상해 얼굴을 보러 갔다. 환자가 인상을 찡그린 채 누워 있었다.

"아, 선생님. 요 며칠 다리가 좀 이상해. 앉았다 일어나면 오른쪽 엉덩이가 아파. 걸을 때나 누워 있을 때는 괜찮은데……. 처음에는 묵직하기만 하더니 오늘은 좀 우리우리하네(욱신욱신하네)."

퇴원을 앞둔 시기였다. 돌아오는 주말에는 아들과의 축구 약속이 있었다. 관절 가동 범위를 확인해 봤더니 모두 정상이었다. 아마도 운동 중에 삐끗했을 가능성이 컸다.

이후 며칠간 운동을 쉬게 하면서 증상을 지켜봤더니 이내 곧 "안 아프다."라는 대답이 돌아왔다. 아들과 놀다 보면 승부욕이 자극된다던 아버지는 곧바로 운동을 다시 시작했다.

원래는 스쿼트를 한번 시작하면 200개 정도까지 하시는 분이라 오랜만에 다시 들리는 숫자 세는 소리를 반가워하며 "200!"이라는 외침을 기다리고 있었다. 하지만 기대와 다르게 소리는 도중에 멈췄고 병실에서 웅성거리는 소리가 들려왔다. 소리를 따라 급히 갔더니 오른쪽 엉덩이를 붙잡고 침대 위에 퍼질러 앉아 있는 환자의 모습이 보였다.

"선생님, 다리가 안 움직여진다."

급하게 찍은 엑스레이에서 오른쪽 고관절 골절이 확인되었다. 이어서 찍은 CT에서 골절이 일어나게 된 원인을 확인할 수 있었다. 고관절을 타고 들어가 뼈를 갉아먹은 암 때문이었다. 이전 영상에서는 너무 작아 알고 봐도 보이지 않는 점들이 눈에 띄게 커져 있었다. 일부만 남아 있던 간에도 새로운 암 덩어리들이 점점이 생겨 있었다. 완치를 기다리며 아들과 축구 약속을 잡은 아버지에게 3년 만에 나타난 재발은 간과 고관절뿐만 아니라 폐, 척추뼈, 쇄골까지 퍼져 있었다.

CT를 같이 보면서 재발된 부위를 실시간으로 확인해 가던 관장님은 컴퓨터 화면을 물끄러미 바라보다가 이내 곧 눈물을 뚝뚝 흘렸다. 간암은 다른 암에 비해서 치료제가 많아 이전에 하셨던 치료를 제외하고도 할 수 있는 게 많다고 위로인지 걱정을 더하는 건지 모를 말을 건넸다. 그 말에 관장님은 "맞다. 내가 행복한 일상에 너무 익숙해져 있었던 거지, 나보다 힘든 사람도 많잖아."라고 대답은 했지만 여전히 흘러나오는 눈물을 주체하지 못하고 있었다. 일상을 약탈당한 두려움이 삶에 대한 희망을 짓밟으며 지나가는 순간이었다.

부러진 고관절에 대한 치료 계획을 세우는 동안 운동은 전면 중단되었다. 당연히 주말에 예정되어 있던 아들과의 축구 약속은 기약 없이 밀렸다. 고관절 뿐만 아니라 추가적인 골절의 위험이 있는 뼈들도 차례대로 방사선치료가 결정되었고 항암 치료는 어떤 종류부터 시작해야 할지 논의가 오갔다.

며칠간 병실에 틀어박혀 있던 환자는 아들과의 영상통화로 점차 희망을 되찾아가는 것처럼 보였다. 불행 중 다행으로 골절된 뼈가 완전히 어긋난 것은 아니었기에 살

살 걸을 수는 있었던 환자는 매일 아침 방사선실로 걸어 갈 때마다 "방사선 받고 올게!"라고 외치며 성실하게 치료를 받았다.

열흘간의 방사선치료가 끝나는 날이었다. 마침 항암제 종류도 한 가지로 의견이 모아지고 있었고 그다음으로 쇄골 방사선치료가 예정되어 있었다.

"방사선 받느라 고생하셨어요. 1, 2주 지날수록 엉덩이 아픈 거 점점 좋아지실 거예요. 힘드시겠지만 다음 주부터는 항암 치료를 시작⋯⋯."

"아니, 내일 집에 갈 거다."

그를 설득할 수 없다는 걸 예감할 수 있는 목소리와 말투였다.

"아들이 기다린다. 걸을 수 있을 때 축구하기로 한 약속 지켜야 된다. 치료는 나중에 집 근처에서 받을게."

"나중이 언젠데요? 그리고 일단 치료를 받으면서 오래 사셔야 아드님이랑 축구도 오래하시죠."

"아니, 지금 내 1순위는 아들이다. 그다음이 치료고. 그리고 선생님, 내가 간암을 버틴 지가 5년인데 이게 재발되면 앞으로 어떤 말을 들으면서 지내야 하는지는 내가 더 잘 안다. 일단 아들 얼굴 좀 보고 그다음은 내가 알아서 할게."

재발된 간암 4기의 평균수명은 일 년이 조금 넘는다.

그 사실을 알고도 아들과의 약속이 먼저라고 말하는 관장님을 설득할 길은 없었다. 원하는 날짜에 집으로 보내드린 후 주말에 안부차 전화를 걸었더니 한층 더 우렁찬 목소리가 들렸다. 병원에서도 에너지가 넘쳤던 분이라 병원 생활에 적응을 곧잘 하셨다고 생각했는데, 아들을 보고 더 기운 차린 목소리를 듣고 있으니 누구에게나 병원에서의 투병 생활은 인고의 시간임이 여실히 느껴졌다. 문득 나조차도 환자를 살리는 치료라며 그의 일상을 뺏으려고 했던 건 아닌지 의문이 들었다. 사실 정말 더 살 수 있는 건지는 나도 모르는 일이면서 의사의 욕심으로 치료를 강요하려 했던 건지도 모른다.

이후에 연락을 더 해보지는 않았지만 아버지는 아들과 함께 걸어가기에, 그 누구보다도 빠르게 삶의 희망을 되찾았을 거라 믿는다.

알코올중독자의
딸일지라도

진료실에 앉아 있는 나에게 간호사가 말을 건넸다.

"신환인데 보호자가 선생님이랑 먼저 전화로 면담하고 싶으시대요. 목소리가 젊어요. 전화 돌려 드릴게요."

울리는 전화를 받자 앳된 목소리의 여성이 조심스럽게 말을 꺼냈다.

"혹시 호스피스 암 환자도 입원 받아주시나요? 지금 있는 병원에서 퇴원하라고 해서요. 그런데 선생님, 저희 아빠가 화가 나시면 병원 선생님들께 손을 좀 올리시는데……."

의료진에게 폭력을 쓴다는 말인 듯했다. 드물지 않게 보이는 경우다. 사실 이렇게 보호자가 먼저 양해를 구할 정도면 꽤 심각한 상황일 가능성이 높기 때문에 입원을 받을 수가 없다. 하루 종일 환자를 관리하는 3교대 간호사와 레지던트, 인턴 선생님들이 피해자가 될 가능성이 크기 때문이다. 하지만 이 문제로 여러 병원에서 거절을 당하며 돌고 돌아 나에게까지 닿은 것임이 분명한 앳된 목소리가 귀에서 맴돌아 차마 안 된다는 말을 할 수가 없었다.

무슨 암으로 시작된 건지 파악하는 일이 의미가 없을 정도로 진행된 완전한 말기 암 환자였다. 한 달도 넘기기 힘들 것처럼 보였다. 보호자로 딸 두 명이 같이 왔는데 한 명은 금발이고 다른 한 명은 완전한 흑발이어서 그 대비가 시선을 끌었다.

하지만 이내 입을 떼기 시작하자 둘 다 영락없는 20대 초반의 아가씨라 정반대의 머리색은 관심에서 금방 사라졌다. 전화기 너머로 들려왔던 앳된 목소리는 금발 딸의 것이었다.

"말씀드렸지만 저희 아빠가 가끔 이성을 잃으시면 눈앞에 보이는 사람을 때리려고 하셔서요……. 지금까지 병원에서 이런 일 때문에 쫓겨난 거라 이번에는 저희가 교대로 상주하면서 큰일 나기 전에 막을게요. 갈 곳 없는 아빠 받아주셔서 감사해요."

이제 와서 입원을 거절할 명목도 없었다.

쫓겨났다는 이전 병원 기록들을 살펴보니 환자는 암을 진단받기 전에 심각한 알코올중독자였다. 폭주의 누적으로 발생한 간암이라는 사실은 잠시 제쳐두고, 중간중간 짧게 적혀 있는 글들을 읽어보니 오래전부터 만취 상태에서 딸들을 때린 날이 적지 않았던 듯했다. 의연하게 아빠를 챙기던 두 딸의 모습에서는 생각지도 못한 상처의 기록들이었다.

이성을 잃으면 눈앞의 사람을 때린다던 환자는 그 옆을 지키고 있는 딸들과 내가 힘을 합치며 며칠간의 우여곡절 끝에 다행히도 금방 통제 가능한 영역으로 들어왔다. 생각보다 빠른 시간 만에 통제가 가능했던 것은 병원을 전전하는 중에 병이 진행되면서 점점 자는 시간이 길어진 영향이 컸고, 이성을 잃는 상황은 통증이 너무 심할 때, 미리 설명해주지 않은 검사를 갑자기 하려고 할 때, 약속한 치료 시간을 지키지 않을 때라는 걸 깨달았기 때문이다. 가끔 돌발적으로 손을 올리려고 할 때는 오랜 투병 생활로 이제는 너무 야위어진 팔이라 얼마든지 미리 잡아챌 수 있었다. 딱 한 번 맞은 적이 있었는데 그마저도 나를 때리려는 아버지 앞을 순간 가로막으려는 딸을 다시 밀쳐내다가 환자에게 팔을 맞은 것이었다.

"이전 병원에서 의사 선생님들한테 또 손찌검했다는 말을 듣고 있으면 차라리 그냥 빨리 더 아파졌으면 좋겠다는 생각이 자꾸 들어서 마음이 무거웠어요. 어쨌든 우리 둘 키워준 사람인데 딸 된 도리로 너무 못된 생각이잖아요. 근데 하루 종일 잠만 자고 있으니 한편으로는 홀가분한 게 이제 어쩔 수가 없네요. 저는…… 정말, 아빠를 위해 최선을 다했어요. 아빠도 병 때문에 많이 힘들어 하셨는데 때가 오면 편하게 보내드리는 게 나을 것 같아요. 막막했는데 선생님이 아빠를 받아주신 덕에 생각 정리가 금방 되네요. 감사해요."

애된 목소리와 다르게 너무 빨리 어른이 되어버린 딸의 말이었다.

며칠 지나지 않아 환자는 편안한 표정을 하고 임종했다.

알코올중독자의 폭력을 정당화하거나 이해를 바라고자 이 환자의 이야기를 글로 남기는 것은 아니다. 누군가의 아들딸들에게 무조건적인 효심을 강요하는 글은 더욱 아니다. 그저 혹여 이야기 속의 두 딸이 이 글을 본다면 당신들은 누구보다도 솔직하고 능숙하게 과거의 상처를 극복해 나가는 사람들로 보였음을 꼭 전하고 싶었다. 또한 '자식 된 도리'를 지키기 어려운 여건 속에서 애쓰고 있는 세상 곳곳의 아들딸들에게도 이 이야기를 전하고 싶었다. 각자의 이유로 과거가 남긴 마음의 상처가 아물 시간도 없이 현실을 살아가는 사람들에게 위로와 응원의 말을 보낸다.

좋은 아빠,
또 좋은 아들이고
싶었는데

외래 진료실 침대에 누운 할머니는 몸이 너무 아픈지 떼굴떼굴 구르고 있었다. 상비하고 있던 경구용 마약성 진통제를 방금 전에 먹은 터라 30분 정도 더 기다려야 통증이 가라앉을 것이었다. 보통 이쯤 되면 환자가 먼저 입원시켜 달라 말하는데 이 할머니는 30분을 이렇게 구르면서도 기다릴 작정인 것 같았다. 환자는 아파서 정신이 없는지 옷을 쥐어뜯는 엄마의 손을 떼어내는 아들의 목소리도 잘 듣지 못하고 있었다. 나는 크게 외쳤다.

"어르신! 입원해서 검사도 받고! 약도 좀 정리를 해야 할 것 같아요!"

환자는 여전히 침대 위를 구르면서도 입원은 못 한다며 단호하게 말을 잘랐다.

'안' 한다도 아니고 '못' 한다라는 말이 이상해 옆에 있는 보호자를 쳐다봤더니 의미 모를 표정을 짓고 있었다.

"어르신! 왜 못 하신다는 거예요!"

워낙 큰 목소리라 듣지 못했을 리가 없는데 옷만 부여잡은 채 대답을 하지 않았다. 그 모습을 보고 내가 멀뚱히 있으니 보호자가 잠깐 따로 이야기하자며 나를 진료실 밖으로 데리고 나갔다.

보호자는 몇 달 전 아내가 위암으로 죽었다고 말했다. 초등학생 자녀가 둘이 있는데 둘 다 엄마가 출장간 것으로 알고 있다고 했다. 가족이 본인, 모친 그리고 아들딸뿐이고 돈을 벌 수 있는 사람이 본인밖에 없어서 자녀들은 아이들의 친할머니인 환자가 직접 종일 돌보고 있다고 했다. 환자는 담도암 말기를 진단받은 깡마른 할머니였다.

"저도 웬만하면 우리 어머니 입원하시게 하고 싶은 데……. 솔직히 지금 경황이 좀 없고요. 애들은 자꾸 엄마 언제 오냐고 묻고. 생활비는 점점 많이 드는데 돈 벌 수 있는 사람이 저밖에 없어서 일은 나가야 하고……. 어머니 곧 떠나보내 드려야 되는 거는 알고 있어서 사람을 구하고 있거든요? 혹시 선생님이 보시기에 꼭…… 오늘 입원해야 되는 걸까요?"

할머니를 꽤 오랜 시간 지켜봐 왔음에도 이런 사정은 처음 듣는 이야기였다.

진료실에 처음 찾아왔을 때부터 항암 치료가 중단된 상태로 6개월을 선고받고 온 환자였다. 담도암 특성상 담도가 완전히 막히게 되면 황달이 심해져 갑자기 돌아가시는 경우가 많았다. 나중에 담즙을 인공적으로 몸 밖으로 배출해 주는 관을 옆구리에 꽂아야 될 수도 있다는 나의 설명에 환자는 남들이 보기에 티가 나는 관을 달고 다닐 수가 없다, 꼭 오래 살 필요도 없으니 아들이 아이들 보살필 준비만이라도 할 수 있게 6개월 동안만 아픈 거 관리해

달라고 했었다. 지금 와서 보니 할머니가 몸에 관을 달고 집으로 오면 깜짝 놀랄 아이들 때문에 한 말이었다.

아들과 대화를 나누는 사이에 환자는 통증이 조금 사그라들었는지 진료실 침대에서 들려오던 낑낑거리는 소리가 어느 순간부터 들리지 않았다.

"어머니가 잠드셨나 봐요. 아직은 경구용 진통제로 생활하실 수 있을 것 같은데……. 다시 한 번 여쭙는 거긴 하지만 정말로 꼭…… 오늘이어야 될까요?"

재차 물어오는 갈급함에, 본인조차도 아들로서의 선택과 아버지로서의 선택 간의 잔인한 갈등을 하고 있는 것이 느껴져서 "꼭 오늘이어야 한다."라고 대답할 수가 없었다.

몇 개월 지나지 않아 할머니는 앰뷸런스를 타고 와서 입원했다. 진료실에 전화해서 다급한 목소리로 말하던 아들의 요청 때문이었다.

"저도 지금 회사에서 급하게 집으로 가는 길인데, 어머니가 애들 보는 앞에서 쓰러지셨나 봐요. 아이가 방금 전화로 말하더라고요. 어디 피가 묻은 곳은 없다고 하니 크게 부딪치면서 쓰러지신 건 아닌 것 같은데……. 혹시 오늘 이나 내일 입원 가능할까요?"

입원 직후 응급으로 한 검사 결과는 말할 필요도 없다. 척추뼈, 어깨뼈, 간, 소장에 퍼져 있던 암은 머리에까지 퍼져 있었다. 11까지 정상으로 보는 빈혈 수치는 5였고, 1이 정상인 염증 수치는 25였으며, 40이 정상인 간 수치는 2000이었다.

이런 결과들을 제외하고도 가장 큰 문제는 너무 높아서 '측정 불가'로 뜬 황달 수치였다. 원래 이 정도 수치면 황달 때문에 얼굴과 눈이 누렇게 뜰 뿐만 아니라 온몸이 노래지면서 환각이 생겨 헛소리를 하는 증상까지 보이는 경우가 많다. 하지만 앰뷸런스를 타고 오는 동안 정신이 돌아온 할머니는 금방까지 손주들을 챙겨주고 있다가 잠깐 병원에 들른 것으로 착각이 들 만한 행색이었다. 얼굴에 노란 기운은 보였지만 모르는 사람이 봤으면 조금 까만 사람으로만 생각할 정도의 색깔이었고, 몸에 기운은 없었지만 말은 곧잘 했다.

"아들한테 이야기는 들었는데 급한 불만 끄고 애들 보

러 다시 가야 합니더……"

그 급한 불이 열 군데가 넘는 몸 구석구석에 질러져 있는 상태였다. 이 불들을 내가 다 끌 수 있을지 자신이 없었기 때문에 나는 아무 대답을 하지 못했다.

할머니는 일주일 만에 돌아가셨다. 입원한 첫날 앰뷸런스에서 잠깐 돌아왔던 의식이 몇 시간 만에 다시 사라진 순간부터 이미 예견되어 있던 임종이었다. 할머니의 사망 선고를 하는 동안 아들은 말없이 멍하니 병실에 앉아 있었다. 멍한 얼굴과 달리 눈빛에서는 만감이 교차하고 있었다. 언젠가는 닥칠 이별이었지만 지난 기간 동안 '혼자 남은 아버지로서의 책임감'과 '하나뿐인 아들로서의 책임감'을 끊임없이 저울질하다가 끝내 전자에 좀 더 기울 수밖에 없었다는 죄책감이 한꺼번에 몰려오는 눈빛이었다.

아버지이자 아들이자 남편이라는 이유로 한 사람이 혼자 짊어지기에는 너무 잔인했던 선택이었고, 그 선택의 결과가 아들의 앞에서 눈을 감고 누워 있는 어머니의 모습으로 다가온 순간이었다.

몇 달 전 아내를 보내고 그날은 어머니를 보내기 위해 병실에 있던 모친의 유품을 모두 정리한 아들은 장례식장으로 가기 전 마지막 말을 남겼다.

"어머니도 가시고……. 결국 우리 아이들한테는 저만 남았네요."

그래도 딸 결혼식에
손은 잡고
들어가야지

모자를 푹 눌러쓴 한 남자가 병원 문을 열고 들어왔다. 걸음걸이가 다른 사람보다 많이 느린 것 말고는 모자 밑으로 어렴풋이 보이는 얼굴색이 나쁘지 않고 체격도 적당한 남자였다. 그날은 예정된 입원 환자가 없는 것으로 적혀 있었고, 스테이션에는 각종 보수 공사를 해주시는 분들이 워낙 많이 오고 가는 터라 그 남자가 환자일 거라고는 생각을 못 했다. 무신경한 표정으로 남자에게 눈짓으로만 인사를 한 뒤 다시 하던 일로 시선을 돌렸다.

각자의 일만 하는 의료진들의 모습에 조금 삭막하다고 느꼈는지, 남자는 쓰고 있던 모자를 벗으며 "저······ 입원하러 왔는데 혹시 어느 분께 안내받으면 될까요?"라고 조용히 말했다. 들려오는 쉰 목소리에 '아차' 하며 고개를 다시 돌렸고, 그제야 마주한 환자의 얼굴은 방금 내가 보인 무신경한 모습에 느끼고 있던 부끄러움을 한층 더하는 얼굴이었다.

전체적으로 아주 짧은 머리 길이임에도 한쪽 머리가 크게 비어 있는 게 또렷이 보였고, 눈썹은 듬성듬성 빠져 있었으며, 얼굴은 아마도 스테로이드가 원인으로 추정되는 퉁퉁 부은 모습이었다. 얼굴 중에는 특히 입술이 많이 부어올라 그 입에서 나오는 쉰 목소리를 듣고 있으면 완연한 환자인 게 느껴졌다. 하지만 무엇보다도 내가 환자의 부름에 벌떡 일어나 급하게 다가가게 만들었던 것은 왼쪽 이마를 가로지르고 있는 큰 흉터 때문이었다. 손바닥 한 뼘보다 더 길어 보이는 수술 자국이었다.

뇌암이었다. 진단받은 지는 3년 차로 뇌암 중에서도 가장 예후가 좋지 않은 유형의 암종이었다. 처음부터 기대 여명이 2년 이내라고 들었다고 말했다. 모든 치료를 거부하고 주변을 빨리 정리하려고 했다. 하나뿐인 딸이 아버지 간병에 청춘을 보내지 않길 바라는 마음이 제일 컸다. 딸한테 진단받은 것도 숨기고 시골로 내려가려고 했던 계획이 무산된 것도 결국 딸에게 암이라는 사실을 들켰기 때문이었다.

그 손에 이끌려서 받게 된 방사선 절제술 덕에 암이 모두 없어졌다는 말을 들은 시기도 잠깐 있었다. 잠깐 당신의 손에서 놓쳤다가 다시 찾은 '일상'은 너무나도 감사했다. 그 감사함에 대해 환자는 "조금 더 살 수 있는 것에도 감사했지만 주변을 정리할 충분한 시간을 주신 것에 더 감사했어요. 언젠가 재발할 걸 알고 있었으니깐요."라고 말했다.

짧다면 짧은, 길다면 긴, 1년 여의 시간 동안 계획대로 차근차근 마음을 정리하던 나날들에 큰 변동이 일어난 것은 딸의 결혼 소식 때문이었다. 존엄한 임종을 위해 준비해 나가던 날들에 단 하나의, 하지만 너무나도 절실한 소원이 하나 들어섰다.

'그래도 딸 결혼식에 손은 잡고 들어가야지.'

애석하게도 며칠 지나지 않아 재발 소식을 들었다. 처음 진단 때보다 크기가 크고, 더 위험한 위치에 있으며, 척수에도 전이가 되어버린 재발이었다. 처음과 똑같이 재발 소식을 딸에게 숨겼지만 그때와 달라진 것은 환자가 먼저 의사 손을 붙잡고 매달리는 심정으로 할 수 있는 치료는 다 해달라고 말한 것이다.

"살려달라고 말씀 안 드려요. 앞으로 1년 정도 걸어다닐 수 있게만 해주세요."

모든 치료를 다 시도했고 암 치료를 담당했던 교수와의 여러 논의 끝에 개두술(두개골을 절개하여 뇌를 노출시킨 상태에서 진행하는 수술)까지 받아 지금의 흉터가 남았다. 하지만 막상 두개골을 열어서 확인해보니 암이 생각보다 더 심각한 상황임이 확인되어 치료는 중단되었다. 모든 치료가 중단되었을 때 당시의 의무기록지에는 '기대 여명 6개월'로 적혀 있었다. 그리고 환자는 두 달 뒤 우리 병원에 온 것이었다. 지난 2개월 동안 하루가 다르게 다리에 힘이 안 들어가 걸음이 점점 느려져서 오게 된 거라고 말했다. 딸의 결혼식은 세 달 후였다.

"그래도 남들보다는 오래 살아서 감사하게 생각해야 하는데……. 지금까지 잘 버티던 몸이 왜 하필 지금 이럴까, 하는 원망이 들긴 합니다. 살려주실 필요 없습니다. 딱 3개월 뒤에 딸 손 잡고 걸어서 결혼식장 들어갈 수 있게만 해주세요. 제발 부탁드립니다, 선생님."

내가 할 수 있는 일은 거의 없었다. 단지 이미 첫날부터 약물 부작용이 눈에 보이던 환자에게 때로는 '무리하게' 약을 유지하거나 심지어는 양과 종류를 늘려서 처방을 달라고 요청하는 것뿐이었다. 나의 요청을 확인한 몇몇 의대 교수님은 보자마자 바로 전화가 와서 "환자를 왜 이렇게 관리하냐! 몰라서 이러는 거냐!"고 호통을 치시다가도 내가 다 기어가는 목소리로 "환자분이 곧 있으실 따님 결혼식에는 꼭 참석하고 싶다고 하셔서……"라고 대답하면 이내 한숨을 내쉬고 남은 기간에 맞춰서 약을 주셨다. (물론 여전히 말도 안 된다고 혼내는 분들도 있었다. 사실 의학적으로는 이게 더 맞는 행동일 수도 있다.)

각고의 노력을 했지만 환자는 하루하루가 지나감에 따라 병세가 악화되었다. 점점 보이지 않는 한쪽 눈, 더 부어 가는 얼굴, 움직여지지 않는 손가락 등 여러 증상은 제쳐 두더라도 다리 힘만 봤을 때도 우리의 목표에서는 멀어지고 있는 게 느껴졌다.

사실 다른 환자와 비교해서는 기적적으로 아주 느리게 진행되는 것이어서 당시 옆에 계시던 다른 암 환자분은 굉장히 부러워하기도 했다. 옆자리에서 부러운 티를 내면 앞에서는 머쓱하게 웃는 환자였지만, 아침만 되면 더 뜻대로 움직여지지 않는 다리를 보며 이내 곧 걱정스러운 표정으로 다시 돌아왔다. 그 모습을 보고 "다른 분들에 비해서는 경과가 느린 편이니 근심 조금이나마 덜어내세요." 라고 말할 수 있는 사람은 아무도 없었을 것이다.

오후에는 그나마 다리가 움직여져서 화장실을 오가는 정도는 가능했던 환자는 "이 정도면 괜찮아요. 결혼식은 오후이니까."라고 말했다. 이때가 결혼식이 한 달 남짓 남았을 때여서 딸이 예비 신랑을 데리고 병문안을 왔다. 딸과 전화는 자주 했던 터라 목소리는 익숙했는데 처음 보는 예비 신부의 모습이라 그런지, 환자에게서 얼마나 애지중지 키워온 딸인지 이야기를 많이 들어서인지, 아니면 딸을 보고 눈물을 터뜨리는 아빠의 가슴을 토닥이는 모습 때문인지, 내가 본 딸들 중에서 가장 아름답게 보였다. 아빠와 몇 분가량 이야기한 뒤 흐느끼는 환자의 소리를 뒤로하고 딸은 나에게 찾아와 박카스 한 병을 내밀며 말을 건넸다.

"항상 고생 많으시고 그간 감사했어요. 신랑 신부 동시 입장으로 바꿨고 양가 부모 인사드리는 과정도 생략했어요. 신혼여행도 취소했고요. 이제 자주 보러 올 테니까 무리하게 약 먹어 가며 몸 버리지 말라고 이야기했어요. 얼굴이 말이 아니더라고요. 앞으로 편하게 계시게만 해주세요."

딸을 보내고 나서도 환자는 한참을 울었다. 그 눈물에는 내가 가늠도 못 할 많은 감정이 쏟아져서 나왔을 것이다. "살려줄 필요는 없다"고 말한 환자지만 결국은 더 살 수가 없어 느끼는 감정들일 것이다.

자주 보러 오겠다던 딸은 결혼 준비 막바지에 바쁠 텐데도 매일 찾아왔다. 결혼식을 며칠 남기지 않고 끝내 두 다리를 움직이지 못하게 된 아버지를 두 예비부부가 번갈아 가면서 돌봤다. 날이 거듭될수록 딸의 눈물이 아버지의 눈물보다 점점 많아졌지만 감사하게도 무엇이 그를 안도하게 해준 것인지, 환자의 얼굴은 조금씩 편안해졌다.

결혼식 전날 밤, 몇 번을 반복해도 익숙해지지 않는 임종 직전의 불안한 징후들이 환자에게서 나타났다. 딸에게 조심스럽게 이야기했고 "내일 최대한 빨리 마무리 짓겠다."는 답을 들었다. 한 번뿐인 결혼식을 앞두고 이런 말을 건네야 하는 미안함이, 환자가 처음 들어왔을 때 알아보지 못하고 삭막하게 굴었던 처음의 죄송함과 겹쳐졌다. 가중된 죄책감에 결혼식 당일 공백이 생긴 환자의 옆자리를 거의 종일 내가 지켰다.

환자는 결혼식 다음 날 세상을 떠났다.

장례를 치르고 몇 달 뒤에 신혼여행을 다녀온 딸 부부가 병원에 찾아와서 나눈 인사를 끝으로 딸과도 연락이 끊겼다. 한창 아버지 관련해서 연락을 주고받을 때 내 핸드폰에 딸 연락처를 저장해놓고 까먹었는데 글을 쓰면서 생각이 났다. SNS에 들어가 프로필 사진을 확인해보니 딸 부부에게 아기가 생긴 것 같다. 비록 이 세상에서는 수많은 눈물의 밤을 지새우다가 끝내 소원을 이루지 못하고 떠났지만, 하늘에서는 웃으며 손녀의 얼굴을 보고 있기를 기도한다.

5장

그럼에도
불구하고

근데 왜 선생은
진료과목이
암으로 되어 있는 거요?

다른 선생님이 예진을 본 환자 기록의 첫 줄에 강조 표
시가 된 문장이 보였다.

★★★★★ CANCER SECRET ★★★★★

환자는 본인이 암인 것을 모르고 있다는 뜻이었다. 94
살의 신장암 할아버지였다. 한 달 전 척추뼈와 간에 전이
가 있는 4기로 진단받았는데 진단한 병원에서는 연세를

생각했을 때 항암 치료는 권유하지 않는다고 말한 듯했다. 보호자들은 치료도 안 받는데 굳이 어르신께 당신이 암인 것을 밝힐 필요가 없다고 판단했던 것 같다.

진료실로 걸어 들어온 환자는 생각보다 정정하게 느껴졌다. 연세도 많으시고 암이 전이된 상황인 만큼 의무기록지를 읽으며 많이 야위거나 휠체어를 타고 들어오는 할아버지의 모습을 상상했다. 하지만 환자는 오른손에 지팡이만 든 채 뚜벅뚜벅 걸어왔다. 약간 허리가 구부정한 것도 연세를 생각하면 그리 심하지 않았다.

"아이고~ 허리가 아픈데 아들놈들이 허리 잘 보는 화타(중국 역사 속 외과 의사로 명의를 상징하는 인물) 스앵님이 있다 해가꼬 이 스울까지 왔구만. 요 스앵님이면 와 이리 젊노!"

"얼굴 젊어 보인다는 말씀이시죠? 감사해요."

"뭐꼬! 말만 와 이리 잘하노!"

옆으로 눕혀보니 허리 척추뼈에 전이된 부분이 아프다는 말씀이었다. 환자의 허리에 침을 놓고, 치료실 밖에서 기다리고 있던 보호자에게 너무 아파하시기 전에 미리 가지고 계신 진통제를 드셔야 한다, 허리에 암이 전이된 분이 일상생활을 남들이랑 똑같이 하시면 압박골절이 더 심하게 올 거다, 치료를 받지 않는 4기 신장암 환자분들의 평균수명은 최대 1년이다, 같은 설명 반 우려 반의 말을 건넸다. 별말 없이 듣고 있던 두 아들은 내 말이 끝나자 고맙다고 웃으면서 말을 덧붙였다.

"선생님, 지금 아버지 보세요. 암인 것만 모르시면 앞으로 1년을 더 사시든 1개월을 더 사시든 하고 싶은 거 다 하다 가실 분이에요."

30분 뒤, 침을 다 맞고 나온 어르신은 바지춤을 추스르며 나에게 말했다.

"침 와 이리 잘 놓노! 화타 딸이가! 몸이 날라간다, 날라가! 한 달 뒤에 또 오께!"

환자는 정말 한 달마다 왔다. 어느 순간부터는 올 때마다 우렁차게 "화타! 내 왔다!"라고 외치며 들어오는 환자보다, 매달 전라남도에서 아버지를 차로 모시고 서울로 올라오는 두 아들이 더 피곤해 보였다.

그렇게 8번째 진료를 보던 날이었다. 근황을 묻는 내 질문을 무시한 채 진료실 방을 두리번두리번 돌아보던 환자가 갑자기 휙 나를 쳐다보더니 말했다.

"근데 스앵님 진료과 이름이 왜 암한방내과고! 암한, 방 내과가? 암한방, 내과가? 암한방이 뭐고. 암, 한방내과가?"

"그냥 아무렇게나 지은 이름이에요. 저도 뜻 몰라요."

"즈그 과 이름도 모르나! 암, 한방, 내과겠지! 뭐꼬! 스앵님 암 걸린 사람들 보나!"

"그냥 가끔 암 환자분들이 오세요. 가끔."

"암 환자 오는 곳에 내는 왜 왔노! 내 암인 거 아이가? 어쩐지 화타가 침 놔도 허리가 계속 아프더라!"

보호자들과 눈이 딱 마주쳤고, 아무도 수습하지 못하던 정적은 환자의 이어진 말에 이내 곧 깨졌다.

"웃으라고 한 농담에 분위기가 와 일노! 젊은 아들이! 농담 아이가 농담! 스앵님요. 암 걸린 사람들한테는 잘해 주야 된디. 그 사람들은 갈 곳 없는 사람들이 천지 삐까리 다. 내한테 하듯이 장난치믄 안 되고! 알겠제?"

정말 눈치를 못 채셨던 건지는 모르겠다. 하지만 장난스럽게 덧붙여진 마지막 말은 그 순간부터 내 뇌리에 완전히 박혔다.

어르신은 지금도 외래로 다니신다. 요새는 서울 올라오는 게 귀찮다고 말씀하셔서 이전에 침 맞을 때마다 드렸던 약만 보호자들이 받아 가고 있다. 여전히 전라남도에서 차를 몰고 올라오는 아들들의 퀭한 눈을 볼 때마다 영마음이 쓰인다.

마지막인 줄
알았던 단풍

적지 않은 시간 동안 암 환자를 봐왔지만 아직까지도 버거운 상황이 있다. 바로 환자가 처음 암을 진단받을 때이다.

병동 문이 열리면서 젊은 여자가 울면서 들어왔다. 흰 얼굴에 검은색 숏컷 머리를 하고 큰 키에 늘씬한 체형이어서, 길거리에서 우연히 마주쳤다면 뒤를 돌아보며 한 번 더 쳐다봤을 미인이었다. 흔히 볼 수 있는 아이보리색이 아닌 눈같이 새하얀 코트를 입고 들어오는 모습에 눈

길이 더 갔고, 끊임없이 흘러나오는 눈물로 빨갛게 달아오른 눈은 흰 코트 덕에 더 애처롭게 보였으며, 그 눈물을 훔치며 떠는 손은 벌써 애가 쓰이게끔 만들었다.

옆에 앉혀 휴지만 조용히 건네고 울음소리가 사그라질 때까지 기다리면서 차트를 보니 '연령 29세'라고 적혀 있었다. 어김없이 터져 나오려는 한숨을 겨우 삼키고 좀 더 기다렸더니 들썩거리던 가슴이 점점 진정되는 것이 보였고 이내 환자는 여전히 울먹거리는 목소리로 말을 뱉었다.

"방금 유방암 진단받고 왔어요. 자궁이랑 뼈에 전이도 있대요. 아직 결혼도 안 했는데……. 다음 달부터 항암 치료하기로 했는데……. 그냥 죽어버리고 싶어요."

'이럴 바에야 그냥 죽고 싶다'는 말은 암 환자와 같이 있다 보면 자주 듣는 표현이다. 앞으로 닥칠 일에 대한 극심한 두려움의 표현일지, 현재 상황에 대한 탈진을 표현하는 말일지, 살려달라는 말을 역설적으로 외치는 것일지, 혹은 정말 진심을 담아 하는 말일지. 어떤 의미든 환자가 이 말로 나에게 전하려 하는 의미를 놓치고 싶지 않았다.

환자를 달래며 병실로 들여보내고 스테이션에 앉아 어

떻게 도와줄 수 있을지 곰곰이 생각하던 중에 문득 고개를 돌렸더니 창 너머 색색으로 물든 단풍나무들이 보였다. 그제야 병원 앞 도로가 멀리서도 찾아오는 단풍 명소이며, 의사들도 커피 한 잔을 손에 들고서 종종 걸으러 간다는 사실이 떠올랐다.

곧장 일어나서 환자에게 가 입원 중에 병원 앞을 산책할 수 있는 시간이 있음을 알려주고 원하시면 같이 가겠다고 이야기했다. 얼떨떨한 반응을 보이던 첫날과 달리 다음 날 곧바로 환자와 나는 길을 걸으러 같이 나왔다. 조금이나마 위로가 되었으면 하는 마음에서 나가자고 했건만 환자는 그 길을 걷는 내내 "올해가 이 단풍들을 볼 수 있는 마지막 해겠죠?"라며 떨어지는 단풍잎들을 손에 올려놓고서 한 걸음 한 걸음 내디딜 때마다 울음을 터뜨렸다. 병원에 복귀하기 직전까지도 "내년에는 못 볼 거니깐……."이라고 말하면서 단풍잎 하나를 챙겨 병실로 들어왔다.

그다음 날 환자 옆자리를 쓰고 있던 할머니가 나한테 조용히 와서는 그날 밤 내내 챙겨 온 잎을 손에 꼭 쥐고서는 소리 죽여 운 것 같다고 말해주었다. 내내 운 게 여실히 드러나는 퉁퉁 부은 눈으로 다음 날도, 그다음 날도 환자는 산책을 나가서 단풍잎을 들고 들어왔다. 그렇게 수북이 쌓인 잎을 어디서 났는지 모를 상자에 담아 들고 항암 치료를 받으러 가기 위해 퇴원했다.

그 후 환자의 얼굴을 다시 본 건 단풍 명소 반대편으로 뻗어 있는 벚나무 길이, 해가 바뀌면서 흐드러지게 핀 벚꽃으로 가득 차고 찬란한 연분홍빛의 길로 바뀐 4월이었다. 같은 이름으로 30세라고 뜨는 환자 명단을 확인하자마자 병동 문이 열리더니 이전에 퇴원할 때 챙겨 나갔던 그 상자를 손에 든, 보다 더 야윈 듯한 여자가 들어왔다.

"항암 치료는 계속 받고 있고요, 자궁은 결국 다 들어냈어요. 이번에는 마지막으로 벚꽃 보러 왔어요."

벚꽃 길은 원래 입원 중에 갈 수 있는 곳이 아니었지만 내가 같이 간다는 조건으로 병원의 허락을 받아 다시 한 번 같이 걸을 수 있는 날이 왔다. 이번에도 떨어져 있는 벚꽃 잎을 주우려는 환자에게 벚꽃 잎은 빨리 시들지 않겠냐고 물었더니 "어차피 오래 보지도 못할 텐데요 뭐."라는 말이 떨리는 목소리와 함께 돌아왔다. 하지만 그나마 위안이 되었던 건 지난번처럼 걸음마다 울음을 쏟아내지는 않았다는 점이었다. 그렇게 한 달 뒤 상자 속에는 단풍잎 위에 벚꽃 잎이 소복이 쌓였고 환자는 "그간 감사했습니다."라고 말하고서 퇴원했다. 나 또한 그녀의 새하얀 얼굴을 볼 수 있는 건 그때가 마지막일 거라고 생각했다.

하지만 그해 10월, 환자는 다른 상자를 들고서 병동 문을 열고 들어왔다.

"항암 치료는 계속 받고 있고요, 뼈는 방사선치료를 했더니 지금까지는 괜찮대요."

따로 말은 없었지만 환자와 나는 그날부터 단풍 길을 걸었고 환자는 여전히 단풍잎을 주워 담고는 몇 주 뒤 퇴원했다. 다시 해가 바뀌고 환자가 31살이 되던 해 4월, 환자는 "항암 치료는 계속 받고 있어요."라며 다시 돌아왔고 우리는 벚꽃 길을 또 함께 걸었으며 상자는 벚꽃으로 다시 가득 채워졌다.

퇴원 절차를 설명하던 날, 환자에게 10월에 보자고 덧붙이고 싶었지만 차마 입 밖으로 꺼내지 못했던 기억이 남아 있다. 그해 10월, 감사하게도 또다시 돌아온 그녀는 여전히 "항암 치료는 계속 받고 있어요."라고 담백하게 말했지만 무언가가 조금 달라져 있었다. 약간 살이 붙은 것 같기도 했고, 새하얗던 피부가 조금 탄 것 같기도 했지만 가장 큰 건 손에 들려 있어야 할 상자가 없었다는 점이었다.

　"집에서 잎들을 계속 보고 있는데 정작 선생님이랑 같이 걸었던 그 길들은 어떻게 생겼는지 기억이 안 나는 거예요. 그래서 이제 그만 주우려고요."

　이 말을 마치자마자 내 팔을 잡고 산책길로 끄는 모습이 처음 내가 이 사람에게 단풍 길 이야기를 꺼낼 때 기대했던 미래의 모습과 겹쳐지는 것 같아 눈물이 왈칵 차올랐다. 며칠간의 산책 후 다시 항암 치료를 하기 위해 퇴원한 환자는 이번에는 자신은 빈손으로 나가며 나에게는 선물을 주고 갔다. 그건, "내년에 봐요, 선생님!"이라고 외치며 이때까지 중 가장 씩씩하게 나가는 뒷모습이었다.

만약 이 이야기가 소설이었다면 그녀는 완치되어 행복하게 잘 살고 있을 테지만, 안타깝게도 환자는 여전히 항암 치료를 받고 있다. 그래도 다행인 건 항암 치료에 반응이 느릴 뿐 내성은 생기지 않아 암이 서서히 작아지고 있으며, 다른 부위에 새로운 전이가 아직까지는 확인되지 않았다는 것이다. 무엇보다도 감사한 건 나날이 울음을 멈추지 못하던 모습이 기억나지 않을 정도로 삶에 대한 의지도, 버텨낼 수 있는 체력도 강해졌다는 점이다. 물론 혼자 있는 고요한 밤에는 여전히 소리 죽여 흐느끼고 있을지도 모르지만 지금까지 버티는 데 함께 걸었던 산책이 조금이나마 도움이 되었기를 바란다.

여담으로 어차피 오래 보지도 못할 거라던 벚꽃 잎은 압화된 상태로 단풍잎과 함께 잘 보관되고 있다고 한다.

어떻게 보면 여태껏 내가 해온 이야기 중에 가장 담담하게 느껴지지 않을까 싶다. 아기를 정말 좋아했다던 20대 여성이 암을 진단받고서 하염없이 눈물만 흘리던 첫날의 얼굴, 인생의 마지막이라고 생각하는 단풍잎을 손에 쥐고서 흐느끼던 둘째 날의 울음소리 그리고 내년에도 벚꽃을 보러 올 거라며 씩씩하게 나가는 지금의 뒷모습을 떠올리며, 그녀의 삶에 있어서는 가장 기적 같은 순간이, 그리고 지금까지보다 더 희망찬 순간이 다가오고 있을 것이라 기대해본다.

그 호두 파이,
다시 먹을 수 있을까요?

유방암 수술을 마친 노령의 여인이 입원했다. 처음부터 1기로 진단받았기에 수술을 한 지금은 육안상으로 남은 암이 없는 상태였다. 하지만 미세하게 잔존해 있을 수 있는 암세포와 재발을 방지하기 위해 방사선치료를 받고자 온 환자였다.

말기 암을 보다가 1기인 분이 왔다고 해서 마음이 가볍지는 않다. 5년 동안 재발만 조심하면 되고 98%가 20년 이상을 산다는 통계가 있다지만, 암이라는 병을 진단받은 순간에는 똑같이 죽음의 문턱을 다녀온 사람들이고, 눈앞의 이 사람이 98%가 아닌 다른 2%가 될지는 아무도 모르기 때문이다.

보통 '암 치료'라고 하면 항암 치료를 떠올리고 그 항암 치료가 힘들다는 것은 공공연하게 알려져 있다. 하지만 방사선치료도 마찬가지다. 방사선치료의 이론적 정의는 '암세포에 방사선을 조사하여 죽이는 치료'인데, 방사선이 조사되는 피부는 마치 화상을 입은 것처럼 손상된다.

처음에는 빨갛게 달아오른 피부가 점점 시커멓게 변하고 군데군데 껍질이 일어나면서 벗겨지다가 턱밑, 겨드랑이, 유두처럼 외부와의 접촉이 잦은 부위부터 노란 진물이 난다. 시간이 며칠 지나면 방사선치료를 받는 손바닥 2개 크기의 큰 면적 전체에도 물집이 잡혀 진물이 나고 심해지면 찢어지기까지도 한다.

유방암 수술을 마치고 방사선치료가 예정되어 있는 여인의 입장에서 가슴에 이런 진물들이 날 것을 떠올리면, 생존 기간이 몇 년이 되든 방사선치료를 받을 앞으로의 2개월은 너무 두려울 것이 당연했다.

하필 피부도 너무 약한 편이었다. 몸도 하얘서 빨갛게 달아오른 부분이 한눈에 확연히 보여, 보는 사람도 따끔거리는 듯했다. 연속으로 예정되어 있던 33번의 방사선치료는 17번째에 중단되었다. 잠을 못 자겠다는 환자를 위해 회진을 오신 정신과 선생님의 기록 때문이었다.

'방사선치료로 인한 통증이 심해서 생긴 불면으로 보입니다. 진통제를 복용하세요. 방사선치료로 인한 우울감이 보입니다. 경과에 따라 중증 우울증으로 진행될 수 있을 것으로 사료됩니다. 필요시 관련 약물을 처방합니다. 필요시 방사선 종양학과와 일정을 논의해야겠습니다.'

지금까지 받아온 만큼 앞으로의 치료가 남아 있건만, 피부가 이미 찢어지고 군데군데 터지기까지 한 환자에게 "재발을 막으려면 무조건 계속 받으셔야 해요!"라고 말할 수가 없었다. 하지만 환자는 피부 때문에 속상하고 통증 때문에 괴로운 것보다도 남들은 착실히 받는 치료를 혼자 중단해서 못 견디고 있다는 사실에 더 좌절감을 느끼고 있었던 것 같다.

"어떤 사람들이 '너는 방사선치료만 잘 받다가 완치

될 때까지 관리만 잘하면 되는 거 아니냐고 말하는데 저는 이 치료가 왜 이렇게 힘들죠? 저는 의지도 너무 약하고…… 그래서 유방암이나 걸렸나 봐요."

어떤 위로도 섣불리 할 수 없는 자책의 말이었다.

진통제 복용을 시작했고, 방사선치료는 중단되었다. 피부염을 호전시킬 수 있는 연고도 발랐고 약간의 수면유도제도 먹었다. 하지만 자신을 깎아 먹으며 점점 심해지는 자책과 우울은 도저히 나을 기미가 보이지 않았다.

그러다 문득 치료가 힘들어서 밥은 안 먹어도 빵은 꼭 사먹는 환자의 모습이 생각났다. 생각해보니 혼자서 훌쩍이고 있다가 가지고 있던 빵을 조금씩 뜯어 먹을 때는 위안받는 표정을 지었던 것 같았다. 거기까지 생각이 미치자 바로 환자를 찾아가 제일 좋아하는 빵이 뭔지 물어봤다. 보통 빵을 물어보면 카스텔라, 크림빵 이런 종류로 말할 텐데 환자의 대답은 특이했다.

"호두 파이요."

호두 파이에 진심인 대답이었다.

"위례에 저만 아는 호두 파이 맛집이 있거든요. 유명해지면 줄 서서 기다려야 되니까 아무한테도 안 알려주었더니 이럴 때 사달라고 부탁할 사람도 없네요. 저 그 호두 파이, 다시 먹을 수 있을까요?"

고민이 되었다. 그 호두 파이가 이 여인의 자책과 우울에 도움이 될 만큼 의미 있을지도 모르겠고, 감정이 회복된다 한들 남은 치료를 견딜 만큼 피부가 회복되고 기운이 날지도 알 수 없었다. 사서 가져다주면 오히려 부담만 느낄 수도 있었다. 차라리 아예 멀었으면 생각도 못 했을 텐데 위례가 강동구에 있는 병원에서 먼 동네도 아니어서 더 고민이 되었다.

다음 날 내게서 그 호두 파이를 받아 든 환자는 매일 눈물을 훌쩍이던 모습과는 달리 오히려 얼음이 되어버렸다. 혹시 부담감을 느끼는 건가 싶어 곧바로 도망쳐 나왔는데, 몇 분 지나지 않아 "선생님, 80호 환자분 내일부터 방사선치료 다시 해 보시겠대요."라고 스테이션으로부터 온 콜 덕에 안도의 눈물이 흘러나왔다.

내가 잘해서 그 환자가 치료를 끝마쳤다고 자랑하려는 글이 아니다. 빵 하나로 해결되었을 두려움을 진작 알아채지 못한 나의 무신경함에 대한 회고이기도 하고, 누군가로부터 이 정도의 따뜻함을 기대할 수 없었던 환자의 사정에 '이제는 당신이 얼마나 외로웠는지 이 글을 읽는 사람들은 압니다'라는 위로의 메시지를 남기고 싶어서이기도 하다.

들어올 땐 하나
나갈 땐 둘

한방 병원의 특성상 입원하는 환자 대부분이 기혼이다. 과도 여러 개라 환자 간에 교류가 많지 않은데 지난 몇 년 간 우리 병원에서 인연이 시작된 커플이 딱 2쌍 있다. 그 중 1쌍이 내 환자임에 이유 모를 뿌듯함을 느끼며 전하는 이야기다.

한 여자가 입원하러 왔다. 아주 왜소한 체격에 낯빛에서 우울한 기색이 여실히 보이는 40대 환자였다. 난소암으로 자궁 전체를 제거하는 수술을 받고 잔존 암 없이 4년 차에 들어선 환자였다. 여기까지 오게 된 이유는 우울함과 그런 기분을 느끼게 한 여러 사건 때문이었다. 아기를 좋아하는데 결혼 상대가 없어 난자 냉동까지 해놓았지만 자궁 전체를 다 들어낸 게 아직도 믿기지 않는다고 말하는 환자는 말을 덧붙였다.

"이전에 다른 병원에 입원했는데 제가 힘들다고 말하니 다른 암 환자분들이 '그래도 자기는 곧 완치이니 상황이 나은 거라며'라고 말씀하시더라고요. 물론 맞는 말이고 제가 그분들 앞에서 그런 이야기를 했으면 안 되었던 거기는 한데……. 그렇지만 저한테 완치까지 남은 2년은 긴 시간이고, 사회에 복귀하기에는 저에게 암 투병 중이라는 꼬리표가 붙어 있고, 체력도 안 받쳐주거든요. 위로를 받고 싶은데 마땅한 사람은 없고……. 자꾸 마음을 곱씹다 보면 원래 긍정적이었던 내가 왜 이렇게 되었나 싶으면서 꼬리에 꼬리를 물고……. 이런 생각이 끊이지 않아서 인터넷에 검색해 보니까 제가 우울증인 것 같던데 그렇다고 정신과 약을 먹기는 싫고……."

완치를 앞둔 암 환자들이 생각보다 많이 겪는 딜레마였다. 혹자는 그런 경험을 할 수 있는 것 자체를 부러워하기도 했지만 본인들에게는 너무나도 무겁고 남들에게는 선뜻 내비치기 힘든 감정이었다. 눈물을 뚝뚝 흘리며 의사에게도 말하기도 눈치 보인다는 듯 말을 이어나가는 환자의 등을 토닥토닥 두드려주며, 간호사 선생님에게 지금 배정되어 있는 병실 호수를 바꿔달라 요청했다. 원래 같은 질환을 가진 분들끼리 한 병실을 쓰도록 되어 있어서 암 환자 병실에 배정되어 있었는데, 이전 병원에서의 트라우마를 가지고 있는 환자를 위해 활발하게 이야기를 나누고 원내를 돌아다니는 분들이 있던 병실로 바꿔달라 한 것이었다.

처음에는 그 분위기를 다소 부담스러워하는 기색을 보이던 여자는 이내 어머님들의 친화력에 동화되어 곧잘 같이 다녔고 처음의 우울한 모습이 잠깐이나마 사라지는 순간이 점점 많아졌다.

한 남자가 입원하러 왔다. 아주 건장한 체격에 낯빛에서 호탕한 기색이 여실히 보이는 40대 환자였다. 폐암으로 절제술, 항암 치료, 방사선치료를 모두 받고 잔존 암 없이 3개월 뒤면 완치 판정을 받는 환자였다. 여기에 온 이유는 한 달 뒤에 다시 회사에 다닐 예정인데 그 회사에서 '세 달 뒤면 완치이며 현재 일상 복귀가 가능한 신체 상태임'을 병원에서 증명해 오라고 해서였다. 전처를 20대 시절 일찍 떠나보내고 본인도 지난 5년간 투병을 해봤지만 암 환자로 사회를 살아가는 것이 참 녹록하지 않다고 말하는 환자는 말을 덧붙였다.

"저 같아도 회사 오너면 당연히 확인할 절차이겠지만 막상 또 제 이야기가 되니 씁쓸합니다. 저는 그래도 경력이라도 있으니 이렇게 해주지, 아닌 사람들은 더 고생이겠지요? 남들 앞에서는 이런 고민 털어놓지도 못하는데 이런 말할 수 있는 병원이 편하긴 하지만…… 이제 병원은 빨리 졸업하고 싶습니다!!"

보이는 것보다도 더 호탕한 성격이었다. 한편으로는 그 성격이 아내와 본인의 투병 생활을 겪으면서 이겨내온 고

난들의 산물인 것 같아 괜히 마음이 뭉클해지기도 했다. 당시 남자 병실에 비어 있는 자리가 많이 없던 터라 간호사 선생님이 "이 환자는 암 병실 아닌 곳으로 배정해도 되겠냐"는 요청에 흔쾌히 허락을 했다.

배정된 병실의 아버님들이 운동에 진심이었기에 식후마다 산책을 다 같이 나갔는데 마침 취향이 맞았는지 남자는 그 분위기에 곧잘 어울렸다.

몇 주가 흘렀다. 입원 병동을 하루에 두세 번 병실 순서대로 쭉 돌며 환자를 보는데, 묘하게 두 남녀가 같이 없는 일이 많았다. 하지만 각자의 병실이 통째로 비어 있는 날도 많아 대수롭지 않게 생각했다.

어느 날, 둘 다 오후에는 얼굴을 못 본 지 며칠이나 되었다는 생각에 두 사람이 돌아올 때까지 복도에서 기다렸다. 몇 분 뒤, 병동 문이 열리고 여자가 먼저 들어오고 그 뒤를 따라 남자가 들어왔다. 나와 눈이 마주치고 흠칫 놀란 여자는 달려오면서 아는 척을 했다. 눈짓으로 인사를 하고 같이 병실로 들어가면서 "매번 어디 다녀오시는 거예요?" 하고 물었다. 그 말이 병실 전체에 울리자 병실 안에 계시던 어머님들이 갑자기 일괄 키득거리기 시작했다. 병원에서 느끼기에는 아주 생소하게 다가오는 분위기에 고개를 갸우뚱하며 여자를 쳐다보자 여자는 얼굴을 붉힐 뿐이었다. "뭐가 있으신가 보네. 좋은 일인 것 같으니 이야기해줄 준비되실 때 말씀 주세요."라고 말하고 병실 밖으로 나섰다.

이어서 남자를 찾아갔다. 평소와 같은 얼굴로 신발 정리를 하던 남자는 나를 보고 "여, 선생님 오셨어요?" 하고 반겼다. 나는 여자에게와 같은 질문을 건넸다.

"매번 어디 다녀오시는 거예요?"

남자의 답변은 황당했다.

"담배 한 대 피우고 오는 거죠, 뭐."

"예? 완치를 앞둔 폐암 환자가 담배를요? 담배 끊으신 지 오래되셨다면서요!"

"아, 그 담배가 아니고……. 그러게요. 저 담배 끊었는데, 허허."

"예? 무슨 말씀하시는 거예요, 지금? 가지고 계신 담배

주세요. 담배는 안 됩니다."

"담배 없어요. 그런데 선생님, 맞은편에 ○○○ 환자 상태
어때요?"

"다른 환자분 이야기는 말씀 못 드려요. 궁금하시면 직
접 친해지셔서 말씀 나누세요. 말 돌리지 마시고 담배 주
세요."

"아니 본인이 말을 안 해주니까⋯⋯. 아! 담배는 없다니
깐요~?"

옷 냄새만 맡아봤어도 그가 담배를 피우고 온 것이 아
니었음을 알았을 텐데, 과거의 나는 참 눈치가 없었다.

퇴원을 며칠 앞두고 두 사람은 퇴원 날짜를 같은 일로
맞췄다. 그때까지도 눈치를 못 채고 있던 나는, 환자와 같
은 병실을 쓰던 어머님이 "모르는 척해." 하며 알려준 귀띔
덕에 소식을 알게 되었다. 아마도 두 병실의 어머님들과
아버님들의 돌아다니는 동선이 겹치면서 자연스럽게 인
연이 된 것 같다. 돌이켜 보면 두 사람은 나와의 첫 대화에

서부터 서로 간의 상처를 보듬어줄 수 있는 성격을 보였던 건지도 모르겠다.

퇴원하는 당일, 두 사람의 짐이 담긴 캐리어 2개를 지키고 있는 남자를 뒤로한 채 여자가 나에게 다가왔다.

"선생님, 저희 만나보기로 했어요."

수줍게 고백하는 여자의 손을 잡고 방방 뛰었던 기억이 난다. 그 뒤로 얼굴을 볼 수는 없었지만 짧은 병원 생활에서 만든 좋은 추억을 오랫동안 간직하고 있기를 바란다.

들어올 땐 둘
나갈 땐 셋

이건 내 병원 생활에서 가장 충격적이었지만, 역설적으로 가장 기쁘기도 했던 날들의 이야기다.

XXXX년 XX월 1일

암을 처음 진단받았을 때부터 나와 함께해온 부부가 며칠 전 다시 2인실에 입원했다. 6개월 만의 재입원은 아내의 완치 판정 전 마지막 검사를 하기 위함이었다. 너무 멀게 느껴져 오지 않을 거라 믿었던 날이 마침내 코앞으로 다가

왔다.

처음 위암을 진단받을 때 장담할 수 없다는 의사의 말을 듣고 부둥켜 펑펑 울었다. 그날부터 5년에 가까운 시간이 흘렀다. 부부는 첫날의 절망을 금방 이겨내고 치료를 잘 견뎌왔다. 암은 2년 만에 사라졌다. 지난 3년간 무탈하게 잘 버텨온 아내는 항상 이론상으로 드물지는 않지만 현실적으로는 기적에 가깝다고 말하는 나에게 "남편이 워낙 잘 챙겨줘서……." 하며 부끄러워했다.

남편은 아내와 항상 2인실에 같이 입원했다. 남편 또한 디스크나 지병을 생각해서 치료를 열심히 받았으면 했는데 항상 모든 치료 일정은 아내에게 맞췄다. 가끔 2인실에 자리가 1개밖에 없을 때엔 간병인 자리에 누워 쪽잠을 자며 아내를 지극정성으로 챙겼다. 처음에는 저런 남편을 둔 환자를 부러워했는데, 나중에 알고 보니 결혼하기 전 아내가 연애 기간 10년 가까이 무일푼 남편의 고시 공부를 전적으로 지원해 주었다고 했다. 애초에 나는 꿈꿀 자격도 없는 복이었음을 깨닫고 두 부부를 열심히 응원만 했다.

이번 입원은 이때까지와는 다르게 한 달 정도로 예정되어 있다. 방심해서는 안 되지만 오늘 한 혈액 검사상 암은 재발 없이 사라진 듯했다. 아내의 CT와 뼈 스캔을 촬영함과 동시에 이번에는 남편의 디스크와 고질적인 통증들이 좋아질 수 있도록 치료 일정을 잡기로 했다. 이때까지 서로만을 의지하며 버텨온 이 젊은 부부 앞에 펼쳐질 행복한 나날들에 나조차도 붕 뜨는 기분이 미리 들어, 적어도 환자들 앞에서는 내색하지 않느라 고생을 좀 한 하루였다.

XXXX년 XX월 4일

오늘로서 아내의 완치 전 마지막 검사는 모두 끝이 났다. 결과는 아마 주말을 포함해서 일주일 뒤면 정식 판독까지 나올 것이다. 남편 또한 생각보다 디스크와 지병들이 관리가 소홀했던 것에 비해 진행이 늦고 한방 치료에도 반응이 좋아서 두 부부 모두 만족하고 있다. 물론 그럼에도 마지막인 만큼 더 긴장되는지 아내는 "결과 빨리 나왔으면 좋겠어요! 괜찮겠죠?" 하며 조급한 내색을 보였다. 아내의 긴장을 풀어주기 위해서인지 요즘은 두 부부가 서로 안아주고 있는 모습도 더 자주 눈에 띈다.

XXXX년 XX월 11일

결과는 모두 재발이 없는 것으로 나왔다. 다음 검사는 1년 뒤로 잡혔다. 역시나 이 소식을 전하자 두 부부는 다시 한 번 기쁨의 눈물을 펑펑 터뜨렸다. 남이 봤을 때는 예정되어 있던 당연한 결과 아니냐고 하겠지만 이 두 사람에게는 여전히 무서운 선고를 앞둔 것이었고, 오히려 끝이 눈앞에 있다는 생각에 더 긴장되었을 것이다. 이제는 좀 아득하기도 한, 처음 진단받은 날 운 이후로 내 앞에서는 눈물을 잘 보이지 않던 부부였는데 오랜만에 펑펑 우는 모습을 보니 나 또한 뭉클해졌다. 치료는 원래 일정대로 남편의 경과에 맞게 한 달 정도 유지하기로 했다. 괜히 내가 뿌듯해지는 하루다.

XXXX년 XX월 28일

보기 좋았던 두 부부와의 인연을 행복하게 마무리 짓기 위해 두 사람의 퇴원 준비를 하고 있다. 남편은 요즘 컨디션이 최고라며 병동 안을 휘젓고 다니고 있고 아내는 드디어 마지막 검사를 끝냈다는 안도감 때문인지 부쩍 잠을 자는 시간이 늘었다. 어차피 퇴원하면 둘 다 회사로 복귀해야 하기에 병원에 있는 동안에는 그냥 푹 쉬게 놔두자는 남편과 나의 의견이 일치해, 자고 있을 때는 건드리고 있지 않고 있다. 남편은 연애할 때 아내가 맛있는 음식을 사주었던 것에 이제야 보답한다며 한창 맛집을 찾고 있었다. 오늘도 역시 별 탈 없이 무던하게 행복했던 하루가 지나간다.

XXXX년 XX월 29일

병원이 발칵 뒤집어졌다. 오늘 아침 회진을 갔더니 평소와 다르게 둘이서 쭈뼛거리며 나에게 말을 걸었다. 우물쭈물하던 끝에 아내가 폭탄 같은 말을 건넸다. 아, 물론 폭탄은 아니고 정말 축하할 일이지만 그들을 담당하는 의사 입장에서는 지난 기간 동안 들어갔던 모든 약과 주사를 낱낱이 파헤쳐야 했기에 폭탄같이 느껴지는 것은 어쩔 수 없었다. "선생님……. 저 테스트기가 두 줄 나왔어요. 생리를 안 해서 퇴원하기 전에 검사해봐야 할 것 같아 오늘 했더니……." 계획한 게 아니라서 의심만 되는데, CT를 찍고 온 날 즈음 같다고 했다. 오늘은 하루 종일 산부인과를 포함해서 각과 교수님을 찾아뵙고 검사 좀 빨리 할 수 있냐고 부탁하러 다니느라 바쁠 것 같다. 무탈하게 세 가족이 되기를 기도해본다.

후일담으로 테스트기를 한 날이 임신 3주차였다. 당시에 스테이션에서도 난리가 난 것은 둘째치고, 대화가 끝나자마자 달려간 산부인과 교수님께 아주 호되게 혼났다. 임신 가능성 여부 확인은 의료진의 기본 아니냐!며. 조영제 때문에 혹시나 배아(임신 8주까지의 발생 단계. 임신 8주차부터 배아에서 태아로 넘어간다.)가 잘못될까 봐 당시에는 뒤에서 찔끔찔끔 울며 수습하기 바빴는데 결과적으로 아들이 무럭무럭 잘 자라고 있다는 걸 알고 있는 지금 돌이켜 보면 '내가 잘못한 일이었나⋯⋯' 싶기도 하다. (물론 나의 잘못이다.)

부부는 한 달 더 입원 기간을 늘려서 배아가 태아로 안전하게 변한 것까지 확인한 뒤 퇴원했다. 몇 년 전까지는 연락을 가끔 주고받았는데 육아에 치이고 있는 부모에게 이어지는 이야기를 기대하기에는 현실적으로 무리였다.

맺음말
또 다른 이야기의 시작

인생에서 가장 예측할 수 없는 걸 고르라면 나는 두 가지를 말할 것 같다. 죽음과 사람의 마음.

이 글은 죽음이 다가오고 있음을 인지한 사람들의 마음을 적은 기록이다. 보통의 일상과는 자못 달라 보이지만 역설적으로 누구나 한 번쯤은 반드시 경험하는 일이다. 나 또한 글 속의 환자들과 함께한 순간을 떠올리며 스스로에게 되묻곤 한다. 죽음이 다가온다면 나는 어떻게 받아들일지, 원하는 그 모습으로 받아들이려면 어떤 생을 살고 있어야 할지, 원하는 그 생을 살기 위해 오늘 나는 가족 그리고 주변 사람들에게 어떤 행동을 해야 할지.

누군가의 죽음이 나의 삶을 되돌아보게 만든다는 것이 역설적으로 느껴지기도 한다.

지금까지 '암 환자를 보는 한의사'라는 역할을 하는 동안 많은 질문을 받아왔고 대부분은 다음의 문장으로 대답이 되곤 했다.

"오죽 힘드시면 저 같은 역할을 하는 한의사에게까지 찾아오시는 암 환자분이 계속 있겠어요."

나를 찾아온 암 환자들이 만들어준 내 정체성을, 가장 잘 표현한 문장이다.

암 환자, 특히 말기 암 환자에게 한의사가 혼자서 할 수 있는 일은 많지 않다. 하지만 이 사실이 무색하게 나를 찾아온 암 환자들은 말기가 많았다. 한방 병원에서 이뤄지는 의학적 치료는 결국 한의사가 아닌 협진을 통한 의사의 처방으로 진행됨을 알고 있음에도, 그들이 나와 같은 역할을 하는 한의사에게까지 오게 된 이유가 제각각 있었을 것이다. 대부분은 '살려달라'는 눈빛을 보내며 찾아왔지만, 그 눈빛이 문자 그대로 '더 살게 해달라'라는 의미라면 내가 할 수 있는 역할은 더욱 많지 않았다.

환자가 원하는 것을 온전히 주지 못하는 의사라는 잔인한 현실에서 벗어나고자 내가 선택한 것이 그들의 걱정 인형이 되어주는 것이었다. 당신들의 말을 몇 시간, 아니 몇 분이라도 더 들어 드리면 혹여 '오늘 하루가 좀 더 살 만해지실까' '지금의 두려움이 조금이라도 덜어지실까' 하는 마음으로 시작된 짧은 대화들이었다.

하지만 대화가 길어질수록 단순히 죽음 때문만이라고 할 수 없는 깊고 복잡한 심정이 전해졌다. 그동안 수많은 사람들과 함께하다가 임종(臨終)이라는 한 점(終)을 앞두고 혼자서 인생의 마지막을 감당해내고 있었기에, 그 상황에서의 감정이 단지 슬픔이라는 한 단어로 표현되는 사람은 없었다.

다만 속으로 삭이던 복잡한 마음을 나에게 털어낸 후에 이제 좀 살 것 같다, 마음이 편해진다는 환자의 말을 듣고 있으면 그들의 "살려달라"는 부탁을 조금이나마 들어준 것 같아 의사로서의 죄책감이 조금 덜어졌을 뿐만 아니라 한 인간으로서의 가치관도 바뀌곤 했다. 한의사로서 암 자체의 치료를 위해 할 수 있는 역할 또한 존재했지만 환자의 이야기를 담기 위해 만들어진 이 책에서는 해당 내용을 최대한 언급하지 않았다.

그들과 나눈 대화들은 허공 속으로 흩어졌지만, 내 머릿속에서 기억의 장을 하나씩 넘겨가며 이 글에 그들의 기록을 최대한 오롯이 남기고자 노력했다. 다만 한 가지, 이 글을 읽음으로써 누군가의 아픔이 상기될까 걱정된다. 그저 이렇게 살았던 사람들, 살고 있는 사람들도 있더라고 말하고 싶었을 뿐이다. 각자의 상황과 지금 겪는 사정에 따라 자유롭지만 무겁지 않게 받아들였으면 한다. 이 글로 인해 과거 또는 현재의 슬픔이 떠올랐거나 좋지 않은 감정이 엄습했다면 사과의 말을 전하고 싶다.

다시 한번 나에게 찾아와준 환자들 그리고 남은 보호자들에게, 당신들을 잊지 않고 감사한 인연으로 기억하고 있음을 전하며 펜을 내려놓는다.

번외

혼자였다면
버틸 수 없었을
나날들

번외 1

이건 한 사람의 어린 시절이다.

아직 초등학교도 들어가지 않은 아이는 모든 일상이 당연했다. 아빠 엄마가 있는 것도 당연했고, 밤마다 다 같이 둘러앉아 과일을 먹으며 웃는 것도 당연했다. 사달라고 조르면 다 가질 수 있는 것도 당연했고, 잦은 외식도, 매달 가는 해외여행도 당연했다. 다만 딱 한 가지 당연하지 않을 수도 있다고 생각한 건, 퇴근하고 나서도 책상에 앉아 공부를 하는 아빠의 모습이었다. 이상하다고 느낀 건

친구들이 자기 아빠는 그러지 않는다고 말했기 때문이다.

어느 날 아이는 아빠에게 물었다.

"아빠는 왜 자꾸 공부해? 하기 싫잖아."

이에 돌아온 아빠의 대답은 그 어린아이가 들어도 뭔가 멋있어서, 이해는 되지 않았지만 무의식중에 기억했다.

"1000명 중에 999명은 필요 없다고 말해도, 단 1명의 환자가 살려달라는 걸 들어주는 의사가 되려면 공부 계속해야 돼."

당연했던 일상이 한순간에 깨진 건, 이제야 아이가 엄마아빠가 사회에서 어떤 존재인지, 어떤 중압감을 가지는 사람들인지 알기 시작했을 때였다. 어느 날, 얼굴이 익숙한 아빠의 동료가 아이에게 찾아와서 옷을 갈아입히더니 아빠의 회사로 데리고 갔다. 바닥에 주저앉아 오열하는 엄마 앞에 긴 침대 위에 눈을 감고 누워 있는 아빠가 있었다. 아이가 등장하자 주위에서 웅성거리더니 누군가 아이의 손을 붙잡아서 아빠 앞으로 끌고 가며 말했다.

"아빠 만질 수 있는 마지막 기회야. 얼른 얼굴이라도 쓰다듬어 드려.”

'죽음'이라는 단어에 공포심만 느낄 뿐 그것이 실제로 어떻게 다가오는지는 몰랐던 아이에게는 그저 얼음장같이 차갑고 꺼칠꺼칠하며 딱딱한 아빠 뺨의 촉감만 기억되었다.

죽음은 그저 '한 사람이 세상을 떠남'이라는 의미가 아니었다. 남은 자들의 살아남기 위한 고군분투였다. 더 이상 밤마다 먹던 과일도, 사달라 조르는 것도, 외식도, 해외여행도 당연하지 않았다. 당연해서 스쳐 지나갔던 아빠의 모습 또한 오히려 그가 떠남으로써 기억 속에서 더욱 곱씹어졌고 선명해져 갔다.

아이가 어릴 때부터 세상에서 가장 사랑했던 사람은 아빠라고 말하던 엄마는 매일 밤 아이를 끌어안고 흐느끼며 “엄마는 아빠 없이 못 버티는데 떠나기에는 우리 공주님이 자꾸 눈에 아른거리네. 우리 다 같이 끌어안고 낭떠러지에 떨어질까?”라고 말했다.

어느 날은 학교 선생님이 말했다.

"성적이 왜 이렇게 자꾸 떨어지니? 집에 무슨 일이 생기기라도 했니? 누가 돌아가시기라도 했어? 아니잖아. 요즘 부쩍 더 놀고 다니는 게 선생님 눈에도 자주 띄었어."

또 다른 날은 우연히 탄 택시에서 기사님이 정치 뉴스를 라디오로 듣다가 문득 화를 내며 말했다.

"이 사람은 애비 없이 자란 여자라 애초에 국회의원을 할 자격도 없어."

불특정 다수에게 크고 작은 마음의 상처를 받을 때마다 기억 속에 드문드문 남아 있는 아빠의 모습을 끊임없이 긁어모았다. 그렇게 만들어진 아빠의 생을, 아이는 학창 시절을 지나오고 성인이 되어서까지 닳고 닳을 정도로 애틋하게 그리워하다 어느새, 그의 생이 자신의 인생에도 익숙하게 스며들었다는 사실을 깨달았다.

커서 보니 아빠는 '혈액종양내과 교수'라는 직업을 가진 사람이었고 어릴 때 아빠를 따라 돌아다니던 병실의 환자들은 모두 암 환자였다.

아빠가 말했던 1,000명 중 단 1명의 환자는 성인 백혈병 환자를 의미했다. 그런 아빠에게 엄마가 유독 사랑에 빠질 수밖에 없었던 건 그녀의 직업이 약사였던 점도 영향이 적지 않았을 것이다.

그런 이유로 진로 선택을 앞둔 나이가 된 아이는 남들에 비해서 아픈 사람이 익숙했고, 그중에서도 암이 익숙했다. 무엇보다도 누군가는 어떤 방식으로든 갈급한 도움의 손길을 뻗고 있다는 사실을 알고 있었다는 점이 아이가 진로를 결정함에 있어 큰 용기를 주었다.

이때가 암 환자를 보는 한의사가 되기 위해서 내가 첫발걸음을 뗐던 날이었다.

번외 2

　집에 발도 못 붙인 지 100일이 넘어가고 있다. 원래 이 시기는 다 같이 각자 과에서 연속으로 당직을 서야 하기에 모두가 힘든 상황임을 안다. 하지만 최근에 밤마다 나를 찾는 환자 때문에 한숨도 잠을 못자는 생활이 나를 종일 피폐하게 만들고 있다. 1시간마다 나를 부르는 이유는 다양하다. "자려고 누웠는데 목이 뻐근하니 침 좀 놔봐라." 부터 "잠이 안 오니 무서운 이야기를 해달라."까지. 매일 다른 레퍼토리지만 굳이 그 시간에 할 필요는 없는 일들이다. 밤이 오면 이제는 잠들기도 무섭다. 차라리 밤을 새우면 새웠지, 자다가 깨면 더 괴로운 감정들이 몰려오기 때문이다.

오늘은 30분이라도 푹 자면 좋겠다고 생각하며 멍하니 당직실 침대에 앉아 있었다. 당직실 문이 벌컥 열리더니 동료 P가 나에게 터벅터벅 걸어왔다.

"야, 그 환자 이번 주 콜 나한테 돌려났다. 얼굴이 그게 뭐냐? 너네 환자들보다 니 얼굴이 지금 더 시커멓다. 그러게, 내가 암 환자 아닌 사람들은 입원 받지 말고 다른 과로 돌리라고 했지? 그 한 명 때문에 너네 암 환자들보다 니가 먼저 죽을 상이다야."

침을 놔달라는 콜에는 P가 가기로 했고, 이야기꾼을 찾는 콜은 말하기 좋아하는 또 다른 동료 J가 가기로 했다고 덧붙였다. 그날은 121일 만에 처음으로 한 번도 깨지 않고 잤다.

동료들이 아니었다면 버틸 수 없었던 밤이었다.

번외 3

레지던트 시절의 일이다. 암 환자는 다른 환자들에 비해 주치의 업무량이 많아 14명이 넘어가면 다른 전공의들과 나눠서 주치의를 맡는다. 14명 정도면 하루에 3, 4시간 자면서 환자 관리를 꾸역꾸역 해낼 수 있는 인원이다. 하지만 하필 휴가 기간이 겹쳐 혼자서 19명의 주치의를 맡은 지 한 달이 되어 가고 있었다. 말이 19명이지, 당일에 입, 퇴원하면서 환자가 들어오고 나가는 시간대가 겹치면 순간 환자 수가 23명까지 찍히기도 했다. 업무량은 둘째

치고 이런 상황이 오면 환자 관리에 구멍이 생기는 건 시간문제였다.

작은 구멍이 모여서 싱크 홀을 만들었던 건지, 우연히 환자 간의 악재가 겹쳤던 건지, 그날은 응급처치실에 환자 4명이 모니터링 기계를 달고 숨이 넘어가고 있었다. 이 사람들이 다시 회복해서 본인 병실로 돌아갈 수 있을지는 전적으로 나에게 달려 있었다.

'도망갈까? 그러다 추노 당하면(도망간 전공의를 추적한다는 뜻의 은어) 어디에 숨어 있지? 내가 도망가면 이 환자들은 누가 보살피지?'

인간이기에 어쩔 수 없이 드는 생각을 어설픈 사명으로 겨우 삭이는 순간이었다. 병동 문이 열리더니 레지던트 2명을 대동한 혈액종양내과 교수님께서 등장하셨다.

"아이고 김 선생, 강동구에 있는 암 환자는 혼자 다 보고 있다는 소문을 들어서 와봤는데 타이밍 잘 맞춘 것 같네."

얼마 지나지 않아 처치실은 다시 고요한 정적을 되찾았다. 숨을 헐떡이던 환자들이 모두 제 병실로 돌아갔기 때문이다.

스승이 없었다면 버틸 수 없었을 날들이었다.
더불어 이 모든 경험의 기회를 주신 윤성우 교수님께
감사의 말씀을 올린다.

번외 4

　나는 환타('환자를 타는 사람'의 줄임말로 유독 본인 담당 환자가 많은 의료진)다. 내가 제일 좋아하던 윗 연차 선생님은 일복은 일을 잘하는 사람한테 많다고 위로해 주었지만 이런 식의 '환타'가 되기를 바라지는 않았다.

　담당 인턴이 탈주했다. 동시에 5개의 과를 돌고 있던 인턴이었기에 잠수탄 게 이해가 안 되는 바는 아니었다. 대기하고 있던 일복은 이때다 싶었는지 터졌다. 안 그래도 많은 환자에 신환 2명이 예정되어 있고 블러드 컬쳐, 케모

포트 인설션, 티씨 및 폴리 체인지, CT 킵(각각 혈액 배양 검사, 케모포트를 삽입하는 행위, 기관절개튜브를 교체하는 행위, 도뇨관을 교체하는 행위, CT 촬영실에 대기하는 지원 업무)을 해야 되는 상황이었다. 총의국에 빈 인력을 커버할 수 있는 인턴을 달라고 요청했지만 일단 오늘만 직접 해결하면 곧 안을 짜겠다는 대답이 돌아왔다.

회진을 뛰다시피 돌고 한 명씩 입원 처방을 넣던 중에 제일 급한 컬쳐부터 해야 된다는 생각이 번뜩 들어 나비 바늘을 부랴부랴 챙기고 있었다. 우연히 지나가던 다른 과 1년 차 2명이랑 눈이 마주쳤다. 인턴 때부터 나를 잘 따르던 착한 후배들이었다.

나비 바늘을 들고 있는 나를 꿈뻑꿈뻑 쳐다보던 4개의 눈동자는 이내 곧 번쩍 안광을 비추며 다가왔고, 내 손에 있던 바늘은 어느새 그들의 손에 들려 있었다.

"선생님!! 지금 뭐 하시는 거예요!! 빨리 가서 본인 일이나 하세요. 액팅표(당일에 배정되어 있는 업무가 정리된 표) 저희한테 주세요. 알아서 할 테니까."

후배들이 없었다면 버틸 수 없었을 수련이었다.

번외 5

이건 부산에 있는 엄마와 서울에 있는 딸의 대화이다.
딸은 엉엉 울면서 전화기에 대고 말했다.

"엄마……. 사망 선고 그만하고 싶어요."
"병원 그만두고 내려 온나."
"제가 관두면 환자들은 누가 봐요……."
"니가 관두면 니 후임자가 느그 환자 보겠지."
"그럼 저는 뭐로 먹고 살아요……."

"그니까 엄마 옆으로 오라는 거 아이가. 니 먹여 살린다고. 아따 오랜만에 아를 또 키우겠네."

"갑자기 그만둔다고 하면 환자들은 어떡해요……."

"아따 참말로 니 없어도 환자들은 잘 살아요. 니 후임자가 지금도 말귀 못 알아먹는 니보다 훨씬 똑똑할지 아나. 근데 이 엄마는 딸래미가 없으니까 심심해서 못 살겠으니마 퍼뜩 내려온나."

"고민해 볼게요……."

"고민해 본다는 소리가 몇 년째 아이가. 으휴, 니가 뭘 하든 느그 엄마는 마음도 돈도 준비 다 되어 있으니까 니 편할 대로 하라ㄱ……."

"엄마, 끊을게요. 병동에서 전화 와요. 그리고 이번 추석에 당직이라 못 내려가요."

(뚝)

무조건 내 편만 드는 이 여인이 없었다면 버틸 수 없었을 날들이었다.

번외 6

각종 사건 사고와 방황을 겪어 오면서 정착된 아침 루틴이 있다. 방문을 나서기 전 기도문을 읊는 것이다.

'오늘도 감당할 수 있는 만큼만 힘들게 해주세요. 이 또한 지나갈 것임을 믿습니다.'

'그리고 이 기도가 저한테만 아니라 우리 환자, 동료, 스승님, 후배들과 엄마의 오늘에도 이루어지게 해주세요. 미리 감사합니다.'

추천사

이 세상에는 탄생만큼의 죽음이 있습니다. 태어난 것도 본인의 의지로 된 것이 아니었지만, 죽음 또한 우리의 의지만으로는 되지 않습니다. 죽음은 원하지 않아도 숙명처럼 받아들여야 합니다. 천수를 누리고 가벼운 마음으로 이 세상을 하직하는 사람이 얼마나 될까 싶은데, 불의의 사고나 질환으로 자신의 삶이 끝나가고 있는 것을 지켜보고 있다면 너무나도 안타까울 것입니다.

이 책은 따스한 마음으로 말기암 환자의 곁을 지키면서 위로해 주는 한의사가 전하는 이야기입니다. 한의사가 쓴 글이지만 환자가 주인공이며, 생명이 꺼져가는 것을 지켜보는 환자와 보호자의 이야기를 담고 있습니다. 이 책이 비슷한 처지의 환자와 가족분들이 따스한 위로와 희망이 되기를 바랍니다.

- 제 44대 대한한의사협회 회장 홍주의

죽음을 앞둔 사람들의 다양한 이야기에서 얻는 삶에 대한 성찰

저자 김은혜 선생은 한의사이다. 그런데 그가 담당하고 있는 영역은 말기 암 치료이다. 달리 표현하면 호스피스 한의사. 그가 대하는 환자들은 이미 3차 암치료병원에서 죽음을 예고 받고, 혹시나 한 줄기 희망이 남아 있을까 한방병원의 문을 두드린다.

이 글을 읽기 전 필자는 이 글 속에는 어쩌면 죽음이라는 절망적인 이야기뿐일 것이라는 선입견을 가졌다. 그러나 한 편 한 편 읽을수록 그렇지가 않다는 사실을 실감하게 되었다. 죽음을 앞둔 환자들의 지나간 삶과 그에 대한 회한, 보호자들과 환자들과의 교감 혹은 갈등에서 필자는 단순히 '아름다운 죽음' 이상의 감동을 받았다. 달리 말하면 지금까지 살아온 삶에 대한 반성과, 남은 생애를 어떻게 마무리할지를 절박하고 구체적인 사례를 통하여 되돌아보게 된 것이다.

우리 인간들은 죽음 앞에서 당당한 경우가 드물다. 죽음은 하나 님 품에 안기는 것임에도 불구하고 막상 가까운 가족이나 본인 에게 현실이 되면 그 공포로부터 벗어나지 못하여 절망하고 크 게 슬퍼한다. 이 책은 그러한 절망과 슬픔이 어떻게 극복되고 있 는가를 보여준다. 그리고 그 과정에서 환자를 담당하는 의사와 환자 그리고 보호자들의 사랑과 신뢰를 바탕으로 한 교감이 얼 마나 중요한 것인가도 깨닫게 된다.

– 시인, 부산대 명예교수, 한국현대시인협회 이사장 양왕용

암의 존재감 때문인지 암을 진단받고 나면 환자의 개별성은 사 라지고 암이라는 병명과 두꺼운 의무기록지만 남는 것 같다. 하 지만 이 책에는 암에 걸렸지만 암과 싸우고, 때로는 어우러져 살 아갔던 환자와 가족 그리고 그들이 그 과정에서 겪는 경험이 담 겨 있다. 환자마다 다른 삶의 고유한 이야기에 공명하며 환자들 의 손을 꼭 잡아주었던 김은혜 교수의 시간들도 곳곳에 베어 있

다. 이 책을 다 읽고 나니 늘 그래왔듯 그녀가 내 동료인 것이 자랑스럽다.

– 경희온맘한의원 원장 정경화

이 책에는 암을 진단받고 통곡하는 가족의 모습이 담겨 있다. 그 가족들과 같이 손잡고 울며 위로하는 한의사의 모습도 담겨 있다. 일련의 이야기들을 읽어나가다 보면 환자의 감정과 그들의 투병 현장에 한껏 몰입된다. 그러다가 불현듯 그 현장에 함께 있었음에도 마치 관찰자처럼 담담히 상황을 글로 풀어나가는 저자가 궁금해진다. 어떤 경우라도 최선을 다해 살려보겠다는 혼자만의 의지를 다지는 저자의 모습을 그리다 보면, 그 따뜻한 성품을 가진 의사를 꼭 한 번 만나보고 싶다는 생각이 든다.

– 부산광역시 부산진구청 예술학교 교장 전진경

한의사를 찾아온 암 환자분들의 이야기입니다. 누구나 접할 수 있는 이야기지만 환자분들의 옆을 지켜야 하는 사명을 가진 저

자이기에 이토록 다양한 환경 속에서 같은 아픔을 가지고 있는 분들의 이야기를 엮을 수 있었던 것 같습니다.

종사하고 있는 분야와 관계 없이 의료인이라면 한번쯤은 읽어야 할 책입니다. 책의 마지막 장을 덮으면, 처음 의사 면허를 받고 초롱초롱한 눈빛을 한 채 마음속으로 다짐했던 여러 사명감들이 새록새록 다시 떠오릅니다. 바쁜 진료 현장 분위기에 휩쓸리듯 지내오다가 정신이 번쩍 들기도 합니다. '아, 내 앞에 앉아 계시던 분들도 이런 인생을 거치고 오셨겠지.' 무언가 중심을 잃고 달려만 온 것 같은 분들께도 추천드립니다.

비단 의학이라는 업을 가지고 있지 않더라도 임종을 앞둔 분들의 회고는 마음을 울리고 각자의 인생을 돌아보게 만들 듯합니다. 마지막으로 책에 담긴 분들과 가족들에게 심심한 위로를 조심스럽게 보냅니다.

- 인제대학교 백병원 신경외과 교수 정영균

의료진을 향한 신뢰와 믿음이 기반되어 쌓여진 말기 암 환자의 이야기입니다. 삶을 연장시킬 수 있다는 환자의 소망과 암 환자를 사랑으로 진료하는 김은혜 선생님의 마음이 만나 만들어진, 슬프지만 아름다운 책입니다. 암 병동에서만 느낄 수 있는 현장감도 고스란히 담겨 있습니다. 생동감 가득한 이야기가 듣고 싶은 분이라면 이 책을 펼쳐보길 추천합니다.

- 강동경희대병원 간호사 이고은

선생님, 이제 그만 저 좀 포기해 주세요

초판 1쇄 발행 2022년 06월 01일

지은이 김은혜
펴낸이 정원우

기획 정성우, 김미선
편집 정여름
표지 디자인 김성경
내지 디자인 페이지엔 김민영

펴낸곳 글ego prime
출판등록 2022년 4월 12일 (제2022-000125호)
주소 서울시 강남구 강남대로 118길 24 3층
이메일 won@egowriting.com

ISBN 979-11-978768-0-6 (03800)

이 책은 글ego의 【책 쓰기 프로젝트】를 기반으로
만들어 졌습니다. https://egowriting.com